西湖民间故事

（美绘版）

「西湖天下」丛书编辑部 编

浙江摄影出版社

责任编辑：张　宇
装帧设计：薛　蔚
责任校对：高余朵
责任印制：汪立峰

图书在版编目（CIP）数据

西湖民间故事：美绘版／“西湖天下”丛书编辑部编. -- 杭州：浙江摄影出版社，2018.6（2025.3重印）
ISBN 978-7-5514-2196-6

Ⅰ. ①西… Ⅱ. ①西… Ⅲ. ①民间故事—作品集—杭州 Ⅳ. ①I277.3

中国版本图书馆CIP数据核字(2018)第107273号

Xihu Minjian Gushi (Mei Hui Ban)
西湖民间故事（美绘版）
“西湖天下”丛书编辑部　编

浙江摄影出版社出版发行
地址：杭州市环城北路177号
邮编：310005
网址：www.photo.zjcb.com
制版：浙江新华图文制作有限公司
印刷：浙江新华印刷技术有限公司
开本：889mm×1194mm
印张：6.75
插页：16
2018年6月第1版　2025年3月第7次印刷
ISBN 978-7-5514-2196-6
定价：19.80元

《西湖》

《三潭印月》

《断桥》

《平湖秋月》

《放鹤亭》

《曲院风荷》

《苏堤》

《花港观鱼》

《柳浪闻莺》

《飞来峰》

《一线天》

《呼猿洞》

《韬光金莲池》

《梦泉》

《运木古井》

《南屏晚钟》

《雷峰塔》

《玉泉》

《虎跑》

《二老亭》

《初阳台》

《黄龙洞》

《六和塔》

《九溪十八涧》

《瑞石山》

《钱江潮》

《水漫金山》

《学士街》

《东坡路》

《西湖绸伞》

目　录

西　湖

杭州西湖风景名胜区分为湖滨区、湖心区、北山区、南山区和钱江区，不但景色幽美，还有丰富的文物古迹、脍炙人口的民间传说、神思飞扬的诗词歌赋存世。2011年，杭州西湖文化景观列入世界遗产名录。

很古很古的时候，在天河东边的石窟里，住着一条雪白闪亮的玉龙；在天河西边的树林里，住着一只色彩绚烂的金凤。

玉龙和金凤是邻居，每天早晨，它们一个钻出石窟，一个飞出树林，总要打个照面才分开来，忙各自的事儿去。

有一天，它俩一个在天空中飞，一个在天河里游，飞呀，游呀，不知不觉来到一座仙岛。在岛上，它们发现了一块亮闪闪的石头，金凤很喜欢，就对玉龙说："玉龙玉龙，你看这块石头多好看呀！"玉龙也很喜欢，就对金凤说："金凤金凤，我们来把它琢磨成一颗珠子吧！"

金凤点头答应，它俩就动工了。玉龙用爪子扒，金凤用嘴啄，一天一天、一年一年过去了，它俩真的把这块亮闪闪的石头琢磨成一颗滚圆的珠子。金凤高兴地飞到仙山上，含来许多露珠儿滴到珠子上；玉龙快活地游到天河里，吸来许多清水喷到珠子上。滴呀，喷呀，滴呀，喷呀……慢慢地，这颗珠子变得精光闪亮。

从此以后，玉龙喜欢金凤，金凤也喜欢玉龙，玉龙和金凤都喜欢明珠。玉龙不愿回到天河东边的那个石窟里去了，金凤也不愿回到天河西边的那片树林里去了，它俩就住在天河当中的仙岛上，日夜守护着自己的明珠。

这颗明珠真是一颗宝珠啊，珠光照到哪里，哪里就树木常青，百花齐放，山明水秀，五谷丰登。

这天，王母娘娘走出宫门，一下子见到这颗宝光闪耀的明珠，心里喜欢极了。到半夜辰光，她就派一个天兵，趁玉龙和金凤熟睡的时候，把这颗明珠偷走了。王母娘娘得到明珠，喜欢得不得了，连看也舍不得给人家看，就赶忙藏到仙宫里头，关起九重门，锁上九道锁。

玉龙和金凤一觉醒来，发觉明珠不见了，多么着急呀！玉龙找遍了天河底下的每一个石窟，没有找到；金凤寻遍了仙山上的每一个角落，也没有寻着。它俩伤心极了，可还是日日夜夜地到处寻找，一心想把心爱的明珠找回来。

王母娘娘生日的那一天，四面八方的神仙都赶到仙宫来祝寿。王母娘娘摆下盛大的蟠桃会来宴请众神仙。神仙们喝着美酒，吃着蟠桃，齐声祝贺王母娘娘："福如东海，寿比南山。"王母娘娘一时高兴，就对众神仙说："各位仙长，我请大家看一颗珍贵的明珠，这真是天上难找、地下难寻的宝珠啊！"说着，她就从衣带上解下九把钥匙，打开九道锁，走进九重门，到仙宫里面取出那颗明珠，放在金盘里，捧到厅堂中间。这颗明珠果真亮晶晶、光闪闪的，神仙们看了，都啧啧称奇。

这时，玉龙和金凤正在到处寻找它们的明珠呢。金凤突然发现了明珠放出的亮光，忙叫玉龙道："玉龙玉龙，快来看，快来看，那不是我们的明珠放出来的亮光吗？"

玉龙从天河里钻出头来，看了一看，说道："是呀，这一定是我们的那颗明珠。快，快去把它找回来！"

玉龙和金凤立刻循着明珠的亮光找去，一直找到王母娘娘的仙宫里。那些神仙正在伸头探脑围着明珠叫好呢。玉龙走上前去说道：“这颗明珠是我们的！”金凤跟着也说道：“这颗明珠是我们的！”

王母娘娘一听火了，冲着玉龙、金凤张口就骂：“胡说！我是王母，天上的宝贝都该是我的！”

玉龙、金凤一听来了气，一起向王母娘娘说道：“这颗明珠不是天上生的，也不是地下长的，是我俩辛辛苦苦，一天一天、一年一年琢磨出来的！”

王母娘娘听了，又羞又恼，伸手护住放着明珠的金盘，大声喝叫天兵天将快把玉龙和金凤赶出去。金凤见王母娘娘不讲理，扑过去就抢明珠；玉龙见王母娘娘不讲理，也冲过去抢明珠。三双手都抓住金盘，谁也不肯放松。你拉我扯，金盘一摇晃，明珠就骨碌碌滚下来，滚到阶边，从天上跌落到地下去了。

玉龙和金凤见明珠往下掉，怕摔破了，急忙翻身跟下来保护。玉龙飞着，金凤舞着，它俩一会儿在前，一会儿在后，一会儿在左，一会儿在右，护着这颗明珠慢慢地从天空降落到地面上。明珠一落地，立刻变成了晶莹碧绿的西湖。玉龙舍不得离开自己的明珠，就变成雄伟的玉龙山来守护它；金凤舍不得离开自己的明珠，就变成青翠的凤凰山来守护它。

从此，玉龙山和凤凰山就静静地伏在西湖的旁边。直到现在，杭州还流传着这样两句古老的歌谣：“西湖明珠从天降，龙飞凤舞到钱塘。”

（徐飞　搜集整理）

三潭印月

三潭印月是西湖中最大的岛屿，景色清幽，有“小瀛洲”之称。湖中有岛，岛中有湖，花影迷离，步移景易。仲秋时节，空中月、水中月、塔中月交相辉映，令人神往。

很早以前，一个千年黑鱼精逃出龙宫，闯到了钱塘江里，兴妖作怪。从此以后，钱塘江两岸常常闹水灾，堤岸被冲塌，稻田被淹没，老百姓叫苦连天。

一天，黑鱼精变成一个黑大汉，到杭州城隍庙来耍子。走到望江桥边，忽然闻到一股香气，回头一看，桥边有个点心摊，一个身穿白衣白裙的老太婆在卖馄饨面，热气腾腾，香气扑鼻。黑鱼精赶路赶得吃力了，一口气吃了五碗馄饨面，霎时，肚皮痛得大喊大叫，趴在地上打了十八个滚，哗的一声，吃下去的馄饨面都吐了出来。老太婆拿起拂尘朝地上一拂，馄饨面变成了一根铁锁链，把黑鱼精锁牢了。原来，这个老太婆是观音娘娘的化身。

观音娘娘把黑鱼精带到大井巷，将它镇在大井底下。黑鱼精向菩萨求饶，观音娘娘说："你为非作歹，祸害百姓，若要出来，除非井头现天光。"原来这大井与别的露天井不同，是围在房子里的内井，终年见不到阳光。谁知有一年，杭州来了个新知府，夜里巡视街坊，提灯在大井巷里走，灯光照在大井上，突然，井底下轰隆一声闷响，黑鱼精挣脱了铁锁链，逃出大井，蹿到了西湖里。

黑鱼精怕观音娘娘再来收拾它，就在西湖中央钻了个三百六十丈的深潭，平时躲在深潭里睡懒觉，只有到了午时三刻，肚皮饿了，才从深潭里翻身出来找东西吃。这时候，湖面掀起层层波浪，湖心漩涡滚滚，渔船、游船躲避不及，有的被浪头打翻，有的被漩涡卷沉，船里的人被黑鱼精吞进肚里，当了点心。从此，那些捕鱼的渔民、划船的船工，都吓得不敢下湖了。

有一天，观音娘娘从蓬莱仙岛回南海，路过西湖上空，见湖面上突然升起一朵乌云，湖水翻滚，波浪汹涌。她按下云头一看，才知道是黑鱼精逃出了大井，在西湖里兴风作浪。观音娘娘便来到上天竺寺，向如来佛借来供桌前的一只香炉。这时候，黑鱼精正好蹿出湖面，张开巨嘴，口喷白沫，寻找食物。观音娘娘垂手抛出香炉，往黑鱼精头上罩去。黑鱼精见头顶上落下个东西来，抬头一看，是白衣白裙的观音菩萨，吓得连忙钻入潭底。香炉在空中射出万道金光，越变越大，只听得一声巨响，香炉口朝下罩住了潭口，把黑鱼精镇压在西湖底下，永远出不来了，只有三只香炉脚露在湖面上。

据说，三潭印月的三座石塔就是香炉的三只脚，又因为香炉里的香灰倒翻在西湖里，从此，西湖的湖泥都成了香灰泥。

（宋光甫　搜集整理）

湖心亭

湖心亭为西湖湖心岛屿，与三潭印月、阮墩环碧合称"蓬莱三岛"。环岛皆水，环水皆山，湖光山色尽收眼底。岛南有石碑，镌刻清乾隆帝御笔"虫二"二字，是一个有趣的字谜。

湖心亭有块石碑，上面写着“虫二”二字，笔法秀媚飘逸，游人至此，莫不望而生疑，不解其意。

原来当年乾隆帝南巡杭州，有一天傍晚，一时兴起，要到湖心亭去宴请大臣。上了湖心亭，只见夜幕低垂，华灯齐放，煞是好看。这天正是月半，明月当空，和风拂面，乾隆帝龙颜大悦，也想考考众臣的才智，便灵机一动，向众臣道：“朕要给这儿留下两个字，为美景增辉。”

众臣一听，齐声称好。乾隆帝说：“朕先出个题，题中有朕要题的字，请众卿猜来。”

众臣齐声答道：“请皇上出题。”

乾隆帝随口说出“风月无边”四个字，这可难坏了众大臣。只见各位大臣面面相觑，有位叫纪晓岚的官员不慌不忙地答道：“皇上，‘风（風）’‘月’都没有边，剩下的不就是‘虫’‘二’二字了？”

乾隆帝闻言大喜，称赞纪晓岚是才子，随即挥毫写就“虫二”二字，留与后人。

（汪哲修　搜集整理）

断 桥

断桥位于西湖白堤东端。冬日雪晴，石桥上残雪未消，远观桥面似断非断，故称“断桥”。“断桥残雪”为“西湖十景”之一。传说白娘子就是断桥下西湖里修炼千年的白蛇，化身为人，一眼瞧上了蹲在断桥边大树上看戏的许仙，演绎了一出千古传奇。

西湖断桥，最早叫“段家桥”。

很早以前，西湖白沙堤从孤山蜿蜿蜒蜒到这里，只有一座无名小木桥与湖岸相连。游人要到孤山去游玩，都要经过这座小木桥。日晒雨淋，桥板经常烂断，游人感到十分不便。

那时候，桥旁有一间简陋的茅舍，住着一对段姓夫妇。两人心地善良，手脚勤快。男的在湖里捕鱼为生，女的在门口摆个酒摊，卖家酿土酒，因酒味不佳，顾客很少，生意清淡。

一天，日落西山，夫妇俩刚要关门，来了一个衣衫褴褛的白发老人，说是远道而来，身无分文，要求留宿一夜。段家夫妇见他年老可怜，热情地留他住下，还烧了一条刚从西湖里抓来的鲤鱼、打上一碗家酿土酒款待他。老人也不客气，一连饮了三大碗，便倒在床上呼呼大睡。

第二天早晨，白发老人临别时说道：“谢谢你们好心款待！我这里有酒药三颗，可帮助你们酿得好酒，招待顾客。”说罢，取出三颗红红的酒药，告辞而去。

段家夫妇将老人的三颗酒药放在酿酒缸里，酿出来的酒颜色猩红，甘醇无比，香气袭人。从此，“段家猩红酒”名扬杭城，段家生意一天比一天兴隆。夫妇俩拆了茅舍，盖起了酒楼。

岁月流逝，一晃三年。这年冬天，西湖大雪，白发老人冒雪来到段家酒楼。夫妇俩一见恩人来到，喜出望外，留老人长住他家，然而第二天老人便要告辞。临别之时，段家夫妇取出三百两银子送给老人，老人笑着推辞说：“谢谢你们夫妇一片好心，我孤身一人，要这么多银钱何用？你们还是用在最要紧的地方吧！”说罢，便踏雪向小桥走去。段家夫妇站在门口相送，只见老人刚跨上小木桥，脚下一滑，桥板断了，老人跌进了湖里。夫妇俩急忙跑去相救，忽见白发老人立于湖面，如履平地，微笑着向他们挥挥手，飘然而去。

段家夫妇知道白发老人不是凡人，想起他临别时说的话，便用那笔银钱在小木桥处造起了一座高高的青石拱桥，还在桥头建了一座亭子。从此，游西湖的人再也不怕雪厚路滑桥断了。

父老乡亲感念段家夫妇行善造桥，便把这桥称为“段家桥”。后来，因为“段”“断”同音，便又称作“断桥”。

（莫高　搜集整理）

平湖秋月

“平湖秋月”为“西湖十景”之一，位于白堤西端，滨外西湖。清代在此建御书楼，楼前铺筑石平台，悬挂康熙帝御题“平湖秋月”匾额。秋日望月，楼可望，岸可望，水可望，引人遐思。

这一年八月十五中秋佳节，绍兴才子徐文长在天竺岣嵝山房独自饮酒赏月，几杯闷酒下肚，醉眼蒙眬。忽然，他想起诗友们说过西湖孤山望湖亭是赏月的好地方，就趁着月色，踱着方步，向孤山走来。

徐文长行行走走，不觉已来到望湖亭前。一轮皓月当空，风清清，水碧碧，远山蒙纱，近树笼烟，恍若置身于琼楼玉宇之中。

这时，忽听得望湖亭里传来一片吟诗声。徐文长一看，亭子里坐满了人，桌上红烛高照，摆满了西瓜、红菱、月饼等各色时鲜果品和酒肴，还有笔墨纸砚。看样子，是一群文人雅士在这里饮酒赏月，赋诗作画。徐文长就信步走了进去，想看看热闹。

望湖亭里，文人雅士正喝得兴高采烈，见有个陌生人闯进来，顿时没了声息。主持人见徐文长身穿青衫，头戴方巾，一副文士打扮，虽然衣着简朴，但雅而不俗，仪态从容，觉得不可怠慢，就起身拱手招呼道："今日中秋佳节，我们特在此饮酒赏月，作画吟诗。兄台如有雅兴，不妨稍坐片刻，以便求教。"说罢，将手向四壁挂着的书画一挥。

徐文长绕亭一周，将四壁诗画扫了一圈，发现多是平庸之作。主持人见他一言不发，又没有马上离开的意思，就刁难他说："兄台文质彬彬，定是行家里手。今日萍水相逢，我等三生有幸。祈望作画题诗，以开我等眼界，为中秋雅集增色。"说罢，嘿嘿冷笑了几声。

徐文长看罢诗画，原想停一会儿就走，这时见他们有的面露骄矜之色，有的发出冷笑，心想："好吧，我正愁没有纸笔抒怀，何不借此凑凑热闹，逗他们一下？"他也不谦让，趁着酒兴，来到书案前，将宣纸一铺，手执羊毫湖笔，顷刻间画好一幅平湖秋月图，水墨写意，落笔不凡，在座诸人都惊叹不已。主持人一看徐文长画得不错，想再试试他的文才，就请他在画上题诗一首。徐文长也不推辞，提起笔就写了两句："天上一轮圆圆月，水中圆圆一轮月。"

"哈哈，这也算诗吗？"文士们正议论间，只见徐文长又提笔写下两句："一色湖光万顷秋，天堂人间共圆月。"

文士们大吃一惊。他们原以为下面写不出什么好句子来，没想到徐文长这么一转一收，四句连起来一读，情景交融，禁不住同声叫好："佳句，佳句！不知兄台来自何处？我等失敬！"

徐文长朝大家一笑，又提笔写了一首七言绝句："平湖一色万顷秋，湖光渺渺水长流。秋月圆圆世间少，月好四时最宜秋。"

文士们一看，这首诗写得别致，每句头一个字特别大，连起来一读，竟是"平湖秋月"四字，原来是一首藏头诗。大家都拍手称绝，要徐文长留下高姓大名。

徐文长并不回答，只一笑，踏着月色而去。

（莫高　搜集整理）

放鹤亭

放鹤亭位于孤山东北麓，最早为元人纪念林和靖而建。亭内有《舞鹤赋》行书刻石，亭东高可参天的大树下是林和靖的墓庐。林和靖，名逋，北宋诗人，隐居孤山，“梅妻鹤子”，终身不仕，风骨卓然。

北宋诗人林和靖不满当朝皇帝昏庸腐败，不愿意做官，到处游山玩水，最后回到故乡杭州，在孤山搭了间茅屋住下来。

刚到这里，林和靖对着西湖的青山绿水，像来到了人间天堂一样，常常独自一个人喝喝酒，吟吟诗，高兴的时候，还拿起笔画画湖光山色。可是，日子一长，渐渐也感到寂寞了。有一天，他到附近转了一圈，从猎户那儿买来了一只白鹤和一只小花鹿给自己做伴。他给白鹤取了个名字叫“鸣皋”，在山脚造了一座亭子，把它养在那里。每天清晨，他把白鹤放出亭子，拍拍它雪白的羽毛，说：“鸣皋鸣皋，志冲九霄！”这白鹤好像真听得懂，叫了一声，飞上天空去了。那只小鹿呢，林和靖随它在山坡上跑。猎户有个叫五儿的孩子，天天到孤山来跟着小鹿前山后山游逛，有时还带着小鹿一块儿到酒铺去，回来时在它颈项上挂一只小篾篮，篾篮里装一壶酒。林和靖一见，知道这是五儿带来的，高兴地说：“花鹿呀花鹿，你可比得上一个家人呢！”

林和靖的一个朋友知道他在杭州隐居，特地赶来看望。好不容易找到孤山茅屋，不巧，林和靖一早出去游湖了，没有碰到。这朋友十分扫兴，只得一边沿着山径散步，一边等着林和靖回来。当他走到亭子跟前时，只听得扑棱一声，一只丹顶鹤腾空而起，直上云天。这朋友觉得新奇有趣，仰起头望着飞去的白鹤出神，忽然听到身后一阵呵呵的笑声，赶紧回过头来，只见林和靖已经站在他的面前。林和靖指着天上的白鹤说：“鸣皋冲霄，就知道有贵客临门，原来是你呀！”朋友听了，觉得真有意思，也哈哈大笑起来。林和靖又从后山坡唤来花鹿，把篾篮挂在它的颈上，花鹿就蹦蹦跳跳地沽酒去了。这朋友越发觉得新奇了，又看到花鹿身上点点梅花，对林和靖说：“跟鹤鹿做伴，倒也有趣。你不是很喜爱梅花吗，为什么不在这坡上种些，也可增添孤山的春色。”林和靖听了，一想对呀，连声说道：“你真是我的知己！你真是我的知己！”后来，他就在亭边屋后密密地栽了三百多株梅树。

林和靖死了以后，就葬在孤山北边的山脚下。那只白鹤很是伤心，绕着他的坟墓直叫了三天三夜，悲鸣而死。

林和靖隐居西湖孤山二十多年，眼前只有梅林一片，身边只有鹤鹿做伴，因为他一生酷爱梅花，晚年的诗画多数以梅花为题材，大家就说他是以梅为妻、以鹤为子。

（申屠奇　宋光甫　搜集整理）

苏小小墓

苏小小墓位于西湖西泠桥畔。苏小小，南朝南齐时人，虽为歌伎，却自尊自爱，年方十九便香消玉殒，葬于西泠之坞。后人在墓上建慕才亭，亭柱有联：“湖山此地曾埋玉，花月其人可铸金。”

西湖的西泠桥旁边有一座坟墓。墓中是啥人呢？她就是被称为“江南名伎”的苏小小。

苏小小出身于娼妓人家，自小也不知道父亲是哪一个，母亲死掉以后，门户冷冷清清，生活贫苦。好在她就住在西泠桥旁，天天受到西湖山水的滋润，加上生性聪明，容貌如画，好比九天仙女下凡。到十二三岁，长得更加出色，而且看书过目不忘，讲的话语句句得体。她自小见识不凡，经常坐着一辆小小的香车，漫游三竺两峰，引得一班豪门公子像一群蜜蜂一样围着她飞转。但苏小小十分自重，丝毫没露出一点轻浮模样，一班豪门公子无计可施。

那些豪门公子有的是金银，都情愿出千金请人说媒，但一个个都碰了一鼻子灰。苏小小一不爱金银，二不要金屋，生性只爱西湖山水，只喜遨游两峰三竺，把荣华富贵看作粪土。

有一天，苏小小到石屋岭游玩。那时正值深秋季节，天气有点冷了。她被满山红叶吸引住，久久不想离去。正看得出神时，忽见对面冷寺前有一个书生，落落寞寞，在那里闲踱，见了苏小小的油壁香车，有点进退两难的样子。苏小小落落大方地走上去同他交谈，言谈中知他满腹文章，十分钦佩，约他日后到西泠桥旁家中细谈。那个贫寒书生叫鲍仁，见苏小小这样看重自己，十分感动，便应邀来到苏小小家里。那天，苏小小家里坐满了豪门公子，可她一听鲍仁来到，竟然像接待知心好友一样，把那些贵公子冷落在一边。一番谈话，十分投合，苏小小拿出银钱两封，资助他上京赶考。

鲍仁走了。那些豪门公子争着邀请苏小小去吃酒席，游西湖。她为了应付这些贵公子，只得硬着头皮去。她从来是卖艺不卖身，招得那些人争风吃醋，打闹拼斗，给她带来无限的烦恼，终日闷闷不乐。久而久之，苏小小病魔缠身，可是那些贵公子一点不体谅她，照样要她去赴约。苏小小因病在身，只得回绝，今天回绝这个，明天回绝那个，豪门公子们恼怒不已，天天在客堂里闹事。苏小小卧病也不安耽，毛病愈来愈重，无法医治。临死时，苏小小对周围的姐妹们说："我苏小小生于西泠，死于西泠，但愿能埋骨西泠，不负我爱西湖山水之癖。"说完，溘然而逝。众姐妹痛哭一场，衣衾入棺收殓了。因是娼妓人家，不敢举行丧仪。

没过几天，两个差人飞马来报："滑州鲍刺史来拜。"原来鲍刺史就是受苏小小赠银赴京赶考的贫寒书生鲍仁。大比之年，他金榜题名，放滑州刺史，今路过杭州，特地来拜谢苏小小。见苏小小去世，鲍仁不禁痛哭流涕。众姐妹见他心地纯正，就把苏小小临死时的愿望告诉了他。鲍刺史说："苏姐姐待我不薄，为她在西泠桥畔择地建坟，我当仁不让。"下葬那天，鲍刺史白衣白冠，亲送苏小小灵柩，临别又哭祭一场，依依难舍。从此，西泠桥畔多了一座坟，那就是苏小小墓。

（丁福昌　搜集整理）

曲院风荷

曲院风荷，南宋时名叫“曲院”，位于西湖西侧，辟有宫廷酒坊，取金沙涧溪水造酒，湖面种养荷花，每当夏日风起时，酒香、荷香沁人心脾，令人不饮自醉。近年扩建，成为西湖环湖区域最大的公园。

南宋初年，宋高宗赵构定都杭州。他终日花天酒地，特地在西湖九里松洪春桥南堍设立了一所曲院，招聘天下酿酒能手，专门酿制美酒，供宫廷享用。

曲院建造得十分讲究，前面挖了一口大池塘，引进西湖水，种植并蒂莲、重台莲、红莲、白莲等各种荷花；四周筑造曲折回廊、亭台水榭；后面是制酒、酿酒工场。每逢塘莲凝露、南风送香的初夏季节，满院红、白荷花盛开，煞是好看。

这一年六月，曲院满池荷花盛开，碧绿的荷叶像千层翠盖，鲜艳的荷花似锦绣红装。酿酒老人正忙碌地晒曲、制曲。院门开处，走进来一位五十开外、头戴方巾、身穿青衫的读书人。他一眼望见满池荷花，南风吹过，清香沁心，脱口赞道："多好的荷花，真是一处赏荷胜地啊！"一边观赏，一边漫步来到酿酒老人面前，问道："老大爷，请问这是什么所在？"

酿酒老人回答说："这是曲院。"

那位读书人不胜感慨："荷花虽好，可惜缺少美酒助兴。"

酿酒老人见他是个知书达理的人，便请他到池边荷香亭里休息，说："先生请坐，舍下略备薄酒，待我取来，供先生助兴。"

那读书人手捋长须，微笑点头，连连道谢。不多久，酿酒老人便提着一葫芦酒，端上一只大碗，放在桌上，满满地筛上一碗，说："先生请用。"这时，刚好一阵大风吹过，卷起满池荷瓣，恰巧有一瓣掉在酒碗之中，漂漂荡荡，阵阵荷香、酒香扑鼻。酿酒老人正要替他取掉荷瓣，那读书人连忙伸手止住："别拿掉，别拿掉！这正是一碗荷香美酒啊！”一边端起酒饮了下去，连声赞道，“好酒，好酒，正有一股荷花香味儿呢！”

酿酒老人听客人称赞他酿制的酒好，又满满筛上一碗，说：“不瞒先生说，我们这曲院制的酒曲，常常有荷花花粉吹落进去，酿出来的酒，还真有点荷香哩！”

那读书人一连饮了三大碗，趁着酒兴招呼酿酒老人说：“多谢老大爷，请你取笔墨纸砚来！”酿酒老人取来纸笔，只见那读书人将宣纸往桌上一铺，望着满池荷花，饱蘸浓墨，向纸上一泼，唰唰添上几笔，一片水墨荷花跃然纸上。他意犹未尽，又提笔画上曲院小屋，题上“曲院风荷”四字，写上自己的名字，将画送给酿酒老人作为酬谢，告别而去。

酿酒老人虽不识字，也喜爱这幅画，将它挂在曲院里。后来有人告诉他，这是南宋四大画家之一马远的手笔哩。

从此，“曲院风荷”便大大出名，成为“西湖十景”之一。曲院酿制的荷香酒，也成为杭州一大名酒。

（莫高　搜集整理）

苏堤

北宋大诗人苏东坡任杭州知州时疏浚西湖，利用挖出的葑泥构筑成苏堤。南宋以来，“苏堤春晓”一直居“西湖十景”之首。长堤卧波，连接了南山北山，沿堤栽花植柳，还建有六座单孔石拱桥，桥名自南而北依次为映波、锁澜、望山、压堤、东浦、跨虹。

旧时西湖南北两岸村庄，南山百姓大都以砍柴为生，村中小伙子特别多；北山百姓大都以纺纱织布为业，大姑娘多。多年来，两边虽然有船可通，但环湖步行要走三十多里路，十分不便。

苏东坡刚到知州任上，立即贴出告示，限令湖上所有葑田之主在三个月之内将“作物”割净，并派一小队厢军去湖上试拆葑田。厢军队长接到命令，前来请示何日开始。

“越早越好。”

“葑泥往何处堆放？”

“三天后听苏主簿吩咐。”

苏东坡心中本有两个方案：一个是主簿苏坚提议，葑田开拆后，就近向四岸堆放，节省人工；另一个是在湖上堆个小岛，倒也别有风味。想来想去，各有利弊，因而尚未决策。

这天，苏东坡和苏坚骑马环湖踏勘，商量如何处理田泥。行至大佛头，想到对岸净慈寺看看。他们将马寄放在湖边寺中，走到渡口，苏东坡对着湖喊了三声：“船家！船家！船家！”

奇怪的是，大喊之后，不像往常那样有小渡船出来，却听到一阵歌声：“北山女，南山男，隔岸相望诉情难。天上鹊桥何时落，环湖要走三十三！”

苏坚说：“大人，这是一首民歌。如果用湖上的葑田之泥在湖的南北之间堆起一条长堤，岂不既可堆放田泥，又可方便南北两岸百姓往来吗？”这时，从湖里飞出一条小船，船上的一个青年朝苏东坡打躬说：“小人在此恭候多时，愿听大人吩咐！”苏东坡又喜又奇，问：“何以知道我要来湖边？”那青年说：“大人可听到渔歌？”苏东坡笑笑。

这时，湖上小船又飞起一阵歌声：“北山女，南山男，年岁大过二十三。两情相慕终难诉，牛郎织女把堤盼。”

苏东坡哈哈大笑：“唱得好，唱得好，也使我苏某开窍了。”

就这样，苏东坡发动了两千余民工，拆除湖里的块块葑田，将田泥运向南北岸之间，分段筑堤。一转眼几个月过去了，到了这年八月，湖上的葑田已全部拆除，田泥已经用完，可是还有一段堤没有连接。苏东坡本想造桥，但是银钱又不足，只好暂时停下。后来，还是两岸青年男女想出了办法，南岸的打柴青年捐了六块大木板，做成六座吊桥。多数时间，吊桥吊起，让里湖、外湖的船只通过堤孔；每当早市、午后和傍晚，吊桥就放下来让两岸的行人通行，免却渡船的麻烦。每天晚饭后，两岸男女相会，那番“鹊桥相会”的光景，被百姓赞为湖上奇景。

（徐清祥　搜集整理）

花港观鱼

“花港观鱼”为“西湖十景”之一，地处苏堤南段西侧，以花、港、鱼为特色，景观清雅幽深。红鱼池是全园的中心区域，池上架设曲桥，数千尾金鳞红鱼泼剌戏水，添人游兴。

杭州城西有一座花家山，花家山下有一条曲曲弯弯的小溪。淙淙的溪水，沿着山脚流到西湖边，汇成了一个小池塘。这花家山上山花烂漫，碧桃花、雪李花、绣球花、杜鹃花开得满山满坡，一阵风吹来，花瓣飘落，一片片随溪水流进了小池塘，水面上姹紫嫣红，十分好看，人们就把这小池塘叫作“花港”。

且说南海龙王的女儿鱼龙公主生得端庄秀丽，可惜娘早死了，长年累月住在水晶宫里，孤单单的，只有老龙王过生日时，亲眷们走拢来祝寿，可以热热闹闹过几天，平时连个说知心话的人都没有，一个人冷冷清清，苦恼极了。听说杭州是人间天堂，她就独个儿偷偷地出了南海，经过东海，拐进钱塘江，来到了西湖。

这时清明已过，四月春光，莺啼燕舞，正是江南景色最美的时光。鱼龙公主抬头望，山青青；低头看，水粼粼；湖堤上，杨柳绿，桃花红，风送笑语一阵阵，人来人往闹盈盈。看着这一番西湖美景，鱼龙公主心花怒放，觉得这里真是千好万好，便纵身跳进西湖，准备在这里安身。

这时候，湖岸边停着一只小小的渔船，船头立着一个满脸愁容的小后生，正在撒网捕鱼。鱼龙公主贪看景色，不提防一头撞进渔网。小后生收起渔网，发现一尾赤鳍红鳞的大鲤鱼，脸上露出一丝宽慰的笑意。他收起渔网正想回家，突然看到鲤鱼的眼里挂着泪珠，昂首翘尾，像在向他求情。他于心不忍，轻轻地叹了一口气，把鲤鱼放回湖里去了。

小后生望望西天，太阳已经衔山，只得收起渔网，心事重重地走回家去。原来这后生从小死了娘，是个苦孩子，爹给他取名叫苦哥。苦哥父子两个住在湖边，靠着打鱼过日子。前些日子，父子俩冒雨撒了一天网，爹受了风寒，病在床上。苦哥盼爹的病早些好，今天一早来到湖上，想网一条鲜鱼给爹煎汤吃。谁知清明断鱼腥，苦哥从早到晚整整撒了一天网，连一条鱼也没有捉到，好容易网了一条红鲤鱼，却又遇见这样的奇怪事。

苦哥走不上四五步路，忽然听见身后有人招呼："小哥哥，等一等！"他回头一看，只见一个十七八岁的姑娘，青衣布衫，渔家人的打扮。那姑娘追上来说："小哥哥，我来帮你撒一网吧！"说完，从苦哥手里接过渔网，走到湖边，只听得啪啦一声水响，果然网到了一条大青鱼。苦哥真是高兴极了，望着姑娘红扑扑的圆脸蛋，千恩万谢，还说他家就住在湖北岸的茅屋里，邀姑娘去坐坐，喝一杯茶。姑娘也不推辞，欢欢喜喜地一块儿去了。

老爹爹听儿子说这姑娘这么好，问她叫什么名字，家住哪里。姑娘说："我叫渔姑，家住南海渔村，跟着姨娘来到天竺敬香，失散了没处找。"父子俩就留她住在家里。老爹爹吃了鲜鱼汤，十分病去了七分，没几天，全好了。他看姑娘心地善良，手勤脚快，更加欢喜。日久天长，苦哥和渔姑待在一处，情投意合。老爹爹看在眼里，喜在心里，就请邻居做媒，给他俩成了亲，一家三口欢欢喜喜地过日子。

这以后，小夫妻双双驾着小船去湖里捕鱼，苦哥在后面划桨，渔姑在船头撒网。说也奇怪，不论是酷暑天气还是寒冬腊月，他们打的鱼总是比别人多。老爹挑了鱼篓子上街去卖，换回了盐米粗布，家里的日子一天天地好起来。

谁知好景不长。第二年桃花吐蕊时节，这一天，天气晴和，小夫妻俩和渔户们一起下湖去打鱼。船到湖心，突然间，天上传来隆隆的雷声，浓云密布，罩得大地阴沉沉的，湖面上浪涛汹涌，渔船被掀得上下颠簸。苦哥紧握船桨，使劲地稳住渔船，看看渔姑，只见她已经跌倒在船头。这时候，听得天空中有人大叫："鱼龙！鱼龙！还不回头？"一声震天的霹雳，乌云中伸下一只黄灿灿的龙爪来，抓起渔姑，抛入湖心。苦哥急忙跳下湖去救，却不见了渔姑，只见湖面上一条赤鳍红鳞的大鲤鱼对他一望三回头，依依不舍地随浪朝东而去。不一会儿，云散了，浪也平了，晴朗朗的天照得湖面碧水荡漾，镜子一般平静，好像什么事情也没有发生过。

苦哥失去了渔姑，难过得不得了。为了生活，他还是天天去湖里捕鱼，可就是打不上鱼来，常常是提着网出去，空着手回来。生活苦，熬得过，心里苦，受不了。要是渔姑还在多好啊，苦哥更想念渔姑了。他常常一个人坐在湖边，望着碧波粼粼的湖面，轻轻地叫唤："渔姑，渔姑！你在哪里？渔姑，渔姑！你快回来！"

有一天，苦哥正在湖边呼唤着渔姑，忽见湖面上漂来一张翠绿的荷叶，荷叶上跳着两条小小的红鲤鱼，一直漂到他面前，耳朵里听见渔姑的歌声：“渔姑南海不能回，不忘人间西湖美。一对儿女送回来，永留花港传后代。”

苦哥听了，伸手捧起这一对可爱的红鲤鱼，一阵心酸，两行热泪扑簌簌流了下来。以后，苦哥就在花港里精心饲养这一对红鲤鱼，一直到死。这两条红鲤鱼在花港里喝着山泉水，吞着百花瓣，年深月久，子孙繁衍，一代又一代，成了五色缤纷的金鱼。到花港来看鱼的人越来越多，“花港观鱼”成了“西湖十景”之一。清代乾隆皇帝下江南，特地在这里立了个碑，碑上题了一首诗，其中有两句是：“花家山下流花港，花着鱼身鱼嘬花。”

（宋光甫　搜集整理）

柳浪闻莺

“柳浪闻莺”为“西湖十景”之一，地处西湖东南隅湖岸。南宋时为皇帝御花园，称“聚景园”，现在扩建为大型市民公园。这里以青翠柳色和婉转莺啼为景观基调，园林布局开朗雅丽，优游其间，心旷神怡。

传说西湖原来只有九景，“柳浪闻莺”是后来加上去的，这里面还有一段故事呢。

早先，杭州有个叫柳浦的地方，满村都是密层层的杨柳，住在这里的三百来户人家都是郡王府的织锦户。他们家家织得好锦，有一手好手艺；但家家都很贫困，过的是苦日子。有一户人家母子俩相依为命，儿子名叫柳浪，是个好后生，手艺高超，但因为穷苦，年纪不小了还没有娶媳妇。柳浪的心事，从来不向人透露，只向那柳林里的黄莺倾诉。这黄莺也真懂事，天天飞来为柳浪唱歌，陪他织锦，日子一久成了知心朋友。

有一天，柳林里转出一个十八九岁的姑娘，圆眼睛，瓜子脸，一身金黄衣衫，显得十分俊秀，她就是莺姑娘。莺姑娘偷偷地在窗口看柳浪织锦，想进屋去，又有点害怕。这时，正好来了张二嫂，她是个热心人，喜欢管闲事，看到有个姑娘偷偷看柳浪，心里暗暗好笑。不料这姑娘一见二嫂，就迎上去叫声“姐姐”，还说自己是她的表妹金衣。二嫂揉揉眼睛，想：“我哪儿来的表妹呀？”但经不住姑娘连声叫唤，有点迷糊了，好像娘家真有个金衣表妹。莺姑娘又编了一些家事，最后说是投奔姐姐来的。二嫂听她这么说，又仔细瞧瞧她那模样，心里盘算一番，就高声朝屋里喊道：“柳浪，你出来见见我的表妹！”柳浪在屋里织锦，他今天听不到黄莺鸣叫，正在纳闷哩，听到喊声，出门一看莺姑娘，竟觉得十分面熟，就笑吟吟地望着她。莺姑娘红着脸，也不说一句话。二嫂见了，拍着手说：“真是天生的一对！”

说罢，就进屋去找柳婆婆了。

这桩婚事，经二嫂一撮合，大家都愿意，就定下来了。柳婆婆高兴得合不拢嘴，准备为儿子办喜事。

这一天，恰逢三六九，是缴锦的日子。柳浪定了这门亲事，心里乐滋滋的，就背起锦缎，兴冲冲地跟着乡邻到郡王府去了。

那郡王是皇帝的侄儿。这一年皇上正要过六十大寿，郡王准备选一匹最精美的锦缎贡奉，就在缴来的彩锦中挑选起来。可是看来看去，挑来挑去，都不满意，后来看到柳浪织的那匹锦，才连连说好，但一听说这锦名叫“西湖九景缎”，连忙摇头说：“九字不到头，不能庆万寿。”立刻唤进柳浪，要他在一夜之间赶织“西湖十景缎”，还规定这新添的一景要有声有色。

柳浪高高兴兴去缴锦，却带着这灾难回家来了。

莺姑娘在村口等柳浪，见他回来，喊他不应，问他不响，只听他自言自语：“有声……声……”莺姑娘告诉他，家里米不止一升，有两升，够吃三顿了！柳浪又自言自语：“有色，色彩……彩……”莺姑娘又告诉他，二嫂送来一盆螯，门外挑来一些菜，有荤有素了！柳浪还是焦急地自言自语：“一夜织，织……织……”莺姑娘告诉他，柳婆婆已经在煮饭了，不要急！

后来把事情弄清楚了，莺姑娘说：“有色容易，一夜间织成也不难，只是有声怎么织呢？”她一边说，一边想，后来笑了起来，“有了有了，你不要急，今夜我们同织就是了。”柳浪听莺姑娘说能织，忧愁丢了一半，又怕妈妈担忧，要莺姑娘暂先瞒着。

当晚，柳婆婆听说他俩要同织一匹锦，安心去睡了。柳浪整丝上机，开始织起来。莺姑娘却推说要去烧壶滚汤，走出了机房。

这有声有色的一景，到底该怎样织，其实莺姑娘也心中无数，她想找众姐姐去商量。趁着月上柳梢的时候，她走到堤边，轻轻地叫了三声“姐姐”。

一会儿，画眉鸟、八哥鸟、百灵鸟、芙蓉鸟都飞来了。她们听说要织有声有色的美锦，也想不出好办法。画眉鸟拉着杨柳条，叫道：“好姐姐，你替我们想想办法吧。”杨柳笑笑说：“这有什么难，织上杨柳就有色，织上黄莺便有声。”

莺姑娘送别了姐姐们，急忙回到机房。这时已经是三更天了，柳浪心灵手巧，已织到第五景了。莺姑娘接过鱼梭，坐上机架，继续一梭一梭地织下去。柳浪在一边，看她织好了一景又一景，开始织第十景了，先是一条堤，再是一个旧祠堂，然后是成行的杨柳。

柳浪看得着急起来：“这倒像是我家，怎么称得上风景？”

莺姑娘笑笑说：“你的家为啥称不上风景呢？”她还是一梭接一梭地织下去。趁柳浪一转身，她拔下一根羽毛铺到锦上，又织了几只小黄莺。

柳浪越看越急，莺姑娘却故意慢吞吞地织好最后一只黄莺，剪下锦缎，卷成了一筒。

“我明朝怎么讲呢？这算是什么风景？”

“就叫柳浪闻莺。”

“这越发不对了。”

“有什么不对，风吹杨柳翻绿浪，枝头常闻莺啼唱，这不是柳浪闻莺是什么？”

“有声有色……这声在哪里？郡王规定要有声音的啊！”

莺姑娘把锦展开，指着杨柳问柳浪：“有没有色？”柳浪点点头。再指着黄莺叫柳浪细听，果然，一只只黄莺呖呖地鸣唱起来。这一下，柳浪可高兴了。从此，“西湖九景缎”也就改为“西湖十景缎”了。

郡王验过这匹“西湖十景缎”，如获至宝，赶快装进锦盒，派人押送进京，还赏赐柳浪一锭元宝。

有了钱，就好张罗喜事了。乡邻们晓得这件事，也高高兴兴来帮忙。不料成亲的那一天，郡王府总管和旗牌上门来了。他们当众开读郡王之令，要柳浪的妻子进府去。

柳婆婆急忙上前去讲理，旗牌把她推倒了。

乡亲们气咻咻地指责总管，旗牌把他们赶走了。

柳浪死也不肯让莺姑娘进府去，旗牌把他绑在树上。

莺姑娘这时也真着急：展翅飞吧，怕暴露了自己的秘密；不飞吧，一时也想不出好办法。正在犹豫不决，几个旗牌上前把她推进花轿抬走了。

原来，郡王打发了柳浪以后，自己也想弄一匹“西湖十景”美锦，又怀疑不一定是柳浪织的，就派旗牌去打听。去的人回禀，柳家有一个天仙般的美女。郡王是个色鬼，一听说有美女，立即下令，骗也好，抢也好，快快用彩轿把她抬来，一面就在偏殿张灯结彩，准备娶莺姑娘做第十位夫人。

就这样，旗牌抢了莺姑娘，抬着彩轿进殿来。郡王欢欢喜喜地打开轿帘一看，哪有什么美女，竟是一顶空轿。

郡王大怒，旗牌们也都慌了。正在这时，府门外传来一阵咚咚咚的鼓声，看门人来报，说是柳浪镶门击鼓。郡王哼了一声，说："我正要找他算账呢！"要旗牌将柳浪带进来。柳浪一见郡王，据理指责他不该强抢民妻。郡王却指着空轿破口大骂，说他抗命欺王。柳浪听说是空轿，以为莺姑娘被他们害死了，一面哭喊，一面大骂，郡王就下令把他绑起来。这时，柳浦的人纷纷赶到，大家哄闹起来。郡王大怒，连声说："斩，斩，斩，把柳浪斩了！"

郡王刚说完，莺姑娘忽地站在他面前。他一见这俊俏的姑娘，立刻变了一个模样，呵呵笑着说："美人到了，赶快成亲！"

莺姑娘说："慢！先放了人，再来说话。"郡王放了柳浦的乡亲，却不肯放柳浪。莺姑娘责问他："为什么不放柳浪？"郡王说："罪有大小，要放柳浪不难，只要你我先进洞房。"莺姑娘咬了咬牙，答应了。侍女们立即把她拥进新房去了。

当天夜里，郡王府里闹盈盈。郡王喜气洋洋地进了新房，柳浪却被绑在花园里的大槐树上。他迷迷糊糊的，忽然听见黄莺的啼声，又好像有人替自己解绳子，定睛一看，果然，莺姑娘在他的身边。莺姑娘替他松了绑，拉着他穿过假山，走上亭阁，翻出墙去。等到旗牌追上来，只见两个人影子一闪不见了。

旗牌们赶快去禀报郡王，可是在房门口一连报了几十声，都听不见回应。好不容易守到天亮，还是一点动静也没有。没法子，撬开门去一看，郡王竟被几株枯杨柳压住了，翻着白眼，嘴里塞满了泥巴，发不出一点声音来。

莺姑娘和柳浪回到家里，柳婆婆正在哭泣，见他们回来了，又是喜，又是愁，说："逃是逃出来了，郡王追来还不是……"话未说完，又伤心地哭起来。

莺姑娘说："婆婆不要哭，我有办法。"她要柳浪将草鞋脱下来，然后带着它奔出村去。大家正在奇怪，只见天上出现了几百只黄莺，衔着一只大草鞋，慢慢地向郡王府飞去，越飞越低，砰的一声巨响，草鞋落到郡王府，变成了山岭，郡王府从此就不见了。

柳浪和莺姑娘欢欢喜喜成了亲。他们织的柳浪闻莺一景，后来出了名，这一带地方杨柳常青，黄莺常啼，春光越发好了。

（陆高平　搜集整理）

灵隐寺

灵隐寺在飞来峰与北高峰之间的灵隐山麓，为我国佛教禅宗十刹之一。相传一千六百多年前，印度僧人慧理来杭州，见此地山奇峰秀，以为是“仙灵所隐”，便在此大兴佛寺。寺前有冷泉亭、飞来峰等胜迹。

康熙帝错题云林寺

康熙皇帝下江南，来到了杭州。他在西湖四周游山玩水，吟诗题字，这一天，在地方官员的陪同下，他到灵隐来耍子。

灵隐寺里的老和尚得知消息，真是又惊又喜，连忙撞钟击鼓，把全寺三百多个和尚都召集拢来。和尚们披起崭新的袈裟，头顶檀香，手敲法器，嘴里念着“南无阿弥陀佛”，跟着老和尚，赶到一里路外的石莲亭，把康熙皇帝接到灵隐来。

老和尚陪着康熙皇帝在寺前寺后、山上山下游玩一番。康熙皇帝见灵隐有高高的山峰、清清的泉水，山上绿树常青，门前红花遍地，真是一个好地方，心里一高兴，就吩咐人在寺里摆酒用膳，想多耍子一会儿。

皇帝摆下酒席，可热闹啦，吹的吹，弹的弹，唱的唱，一时间把这佛门净地变成了帝王之家！康熙皇帝一手捻着山羊胡须，一手捧着酒盏，又灌黄汤又吟诗。

老和尚早听说康熙皇帝喜欢吟诗题字，这时见他摇头晃脑的样子，便悄悄跑过去找那几个跟随皇帝的地方官商量道：“大人，我想求皇上给我们小刹题一块匾额，行不行呀？”

杭州知府听了，点点头说：“好哩！如果皇上给灵隐寺题了匾额，连我杭州府也都沾光啦！”

钱塘县令也说：“皇上酒兴正浓呢，你这辰光去求他题匾，我看一定答应。”

老和尚心里落了实，就壮壮胆子，走到康熙皇帝面前跪下磕头，说道：“皇上呀，看在灵隐寺菩萨的面上，给小刹题块匾额，也让我们风光风光吧！”

老和尚这一请求，正好搔到了康熙皇帝的痒处。他点了点头，吩咐手下人摆好纸笔，抓起笔唰唰几下，写成一个歪歪斜斜的“雨”字。这辰光，他突然发觉自己落笔太快，这个“雨”字头写得太大了，竟占了大半张纸。要晓得灵隐寺的“灵”字，按古时候的写法，“雨”字下面还有三个“口”和一个“巫”，是个“靈”字，现在只剩下这小半张纸的位置，随你怎么写也摆不下了。重新写一张？那多丢脸啊！康熙皇帝一只手抓着笔，一只手不住地捻他那撮山羊胡须，一点办法也想不出来。

围在旁边的官儿们知道皇帝下不了台，但是谁也不敢明说，站在旁边干着急。还好，有个名叫高江村的大学士想出了一个办法。他先在自己的手掌心写了“雲（‘云’的繁体字）林”两个字，装作去磨墨的样子，挨近康熙皇帝身边，偷偷地朝着皇帝摊开手掌。康熙皇帝一看，哎呀，这两个字真是救命菩萨啊！他欢喜得连酒也醒了一半，连忙写下“云（雲）林禅寺”四个大字。写完，把手一扬，将毛笔掷出老远。

老和尚过来张张，不对呀！“灵隐寺”怎么变成“云林禅寺”了呢？他也不看看风色，就结结巴巴地问：“我们这寺院叫作‘灵隐寺’，不叫‘云林禅寺’呀，是不是皇上落笔错了？”

康熙皇帝听了，把眼睛一瞪，喝声：“放屁！”老和尚哪里还敢再开口，只好恭恭敬敬立在旁边。康熙皇帝回过头来，问官儿们：“这地方天上有云，地下有林，你们说说，把它叫作‘云林禅寺’好不好？”“好呀，好呀，皇上圣明！”官儿们七嘴八舌地奉承起来，康熙皇帝乐得哈哈大笑，随即吩咐众人快把匾额刻起来。

皇帝一句话，官儿们忙开啦。他们一面叫人将原来的匾额换下来，一面找来工匠，把康熙皇帝写的“云林禅寺”四个大字刻在红木匾上，涂上漆，边上镶了二龙戏珠的花纹，挂到寺门上方。

从此以后，灵隐寺就挂着稀奇古怪的“云林禅寺”大匾额，一直挂到现在，杭州的老百姓却仍然称它“灵隐寺”。

（光路　搜集整理）

飞来峰

从前，四川峨眉山有一座会飞的小山峰，它一会儿飞到东，一会儿飞到西，飞到哪儿都会压坍许多房子，压死很多人。

那时，西湖灵隐寺里有个济癫和尚，他整天疯疯癫癫的，不守佛门清规，拿一把芭蕉扇子东游西荡，到处打哈哈，人们却都喜欢他。

有一天，济癫和尚算准中午辰光那座会飞的山峰要飞到灵隐寺前的村庄上来了。他担心山峰落下来会压死很多人，五更天时就爬起来，奔进村庄，挨家挨户说："午时三刻有一座山要落到庄上来，大家赶快搬家，迟了就来不及啦！"大家听了直摇头，骂道："你这疯和尚，又来寻开心了，谁见过会飞的山呀？"

济癫和尚这家进、那家出，全村百十户人家都关照过了。他说得嘴唇破、唾沫干，却没有一个人相信他的话。

太阳越升越高，眼看中午就要到啦，济癫和尚急得团团转。这时，忽然听到嘀嘀嗒、嘀嘀嗒的唢呐声，他循着声音奔过去一看，噢哟，原来有户人家娶媳妇，新郎新娘正磕头拜天地哩，屋子里喜气洋洋，热闹极了。济癫和尚搔搔头皮想了一想，赶忙推开众人，钻到堂前，不管三七廿一，把新娘子往肩上一背，就奔出大门朝村外飞跑。

新娘子头上的红盖头还没有揭掉，忽然稀里糊涂地叫人背走了，也不知发生了什么事，吓得哇哇叫。济癫和尚抢走新娘子，这还了得！人们气得抓门闩的抓门闩，抡扁担的抡扁担，没命地追赶上去，一面追，一面大声叫喊：“抓住济癫和尚呀！抓住济癫和尚呀！”“前面快快拦住呀！”

济癫和尚背着新娘子，一个劲往前奔。大家一直追出十几里路，还没追上他。等到太阳当头，济癫和尚站住脚，不跑了。他从背上放下新娘子，自己往地上一坐，摇着扇子扇风凉。人们赶到他跟前，刚要揪住打他，霎时天昏地暗，伸手不见五指，大风刮得呼呼响。突然，轰隆隆一声响，人们都被震得跌了跤，爬起来一看，哟，一座山峰刚落在村庄上。大家这才明白过来，济癫和尚抢新娘，是为了救大家的性命呀。

村庄被压在山底下，大家都无家可归了，有的人急得捶胸顿足，哇哇大哭起来。济癫和尚说：“哭什么！你们不知道，村里的财主已被压死在山下啦，今后你们各人种各人的田，还怕盖不起房子？”

大家一想，对啊，这才高兴起来，欢欢喜喜正想走开，济癫和尚又说：“别走别走，大伙听我说。这座山峰能从别处飞来，也会从这儿飞走，飞到别的地方，又会压死许多人。我们在山上凿五百尊石罗汉，就能把山镇住，不让它再飞到别处去害人，你们看好不好？”

大家听了，齐声说好，马上就动起手来。一时间，锤的锤，凿的凿，叮叮当当忙了一夜，五百尊石罗汉就凿全了。山上山下布满石龛佛像，但只是凿了罗汉的身子，还来不及凿出眉毛、眼睛。济癫和尚就用他长长的手指甲到石罗汉脸上去抠，半天工夫，便给五百尊石罗汉抠出了眉毛和眼睛。

从此，这座小山峰就永远留在灵隐寺前面了。因为它是从四川飞来的，人们就叫它“飞来峰”。

（余小谷　搜集整理）

一线天

传说从前诸暨有个手艺出众的石匠，名叫石娃，在他住的村子里，有个姑娘叫花妹。石娃在山上凿石头，听到花妹的歌声，就有使不完的力气。石娃爱花妹，花妹爱石娃，村里人都说他俩是天生的一对。

有一天，石娃和花妹双双来到小溪边。花妹散开头上的辫子，在溪水里洗头发。石娃爬到桃树上，摘下一朵桃花，插在花妹刚刚绾起来的发髻上。两个人高高兴兴跑到石山上，放声唱起歌来。

雷神在云端看见了，心想："人间竟有这样美丽的姑娘，我要把她弄到手！"雷神就抹了一把脸，变成一个黑脸大汉，来到他俩面前，嬉皮笑脸地拉住花妹，说："美人儿，跟我到天上去吧！"花妹见黑脸汉如此无礼，又急又气，伸手打了他两记耳光。

雷神挨了打，恨得变了脸。他把嘴巴一张，轰隆隆发出一个响雷。石娃连忙抱住花妹，两人誓死不分离。雷神用手在他俩中间一劈，一道青光闪过，喀啦啦一声巨雷，把山头劈成了两半。雷神又吹一口气，花妹站着的这一半山头立刻飞了起来。石娃见花妹被风刮走了，连忙纵身一跳，攀住了山头上的一条树藤。

这半边山飞呀飞，愈飞愈快，愈飞愈高，飞到杭州灵隐，轰隆隆一声巨响落到地面上，石娃被震得昏了过去。

石娃醒过来，发觉自己已经变成一只长嘴巴鸟儿，心里很难过。他隐隐约约听到花妹的歌声，立刻拍拍翅膀飞到山头，朝四周一看，一下就认出来了，这就是从家乡飞来的半边山头，歌声是从岩石底下传出来的。石娃想，花妹一定在这山头底下，便用长嘴巴在岩石上啄起来。

原来，花妹被雷神关在山洞里啦，四面黑乎乎的，一点光亮也没有，她叫石娃叫不应，就唱起歌来。这时，花妹听见洞顶上有笃笃的声音，一声比一声响亮。花妹高兴极了，心想一定是石娃在啄石头，就拔下头上的银钗，对着洞顶挖起来，好让石娃少费一点力气，早点把洞顶凿穿。石娃在山顶上啄，花妹在山洞里挖，石娃的尖嘴啄破了，花妹的银钗磨短了。不知过了多少时间，石娃一啄啄到一支银钗，石山啄穿啦！一线阳光射进了山洞。石娃飞进洞里，在花妹身边飞了三圈，花妹也变成了一只美丽的鸟儿，他们双双冲出山洞，迎着太阳，向天空飞走了。

至今诸暨城外还有一座半边山。那飞走的半座山，就是灵隐寺前的飞来峰，当年石娃救出花妹的地方就叫“一线天”。

（蔡涉　夏惠铭　搜集整理）

呼猿洞

老早老早以前，灵隐寺里有个当家长老，养了一只猴。这只猿猴跟长老同起同住，同行同坐，寸步不离，像徒弟一般。长老清闲无事的辰光，常常坐在飞来峰下，和它下围棋消遣。

有一年清明时节，杭州知府到灵隐寺来进香。他坐着八抬大轿，鸣锣开道到了灵隐。跨出轿来，看到飞来峰山脚下围了木佬佬（很多）人，挤进去一看，原来是个老和尚和一只猢狲在下围棋。

这个知府也是个棋迷，平常辰光常常同一班清客相公下棋。这些清客相公专会拍马奉承，每次对局都故意让他三分，好让他高兴，还说知府是天下无敌的国手，日子一长，知府真以为自己下棋的本事好得不得了。今朝看到棋枰，知府手就痒了，他叫手下人把猴子赶掉，自己在长老对面坐下来，说是要同长老较量较量。

长老晓得当官的顶要面子，赢得输不得，就手下留情，暗暗地让了他几个子。这知府赢了棋，心中得意，站起身来哈哈大笑，说："想不到介大的杭州城，竟没有一个高手！"

长老听了，本来没气的也有气了，心里想："我好意给你当官的留个面子，你倒是不识相，把杭州人看得一钱不值，今朝我要叫你出洋相。"就对知府说："大人不要笑得介早，自古道强中自有强中手……"知府说："和尚莫说大话，有本事的，尽管来与我对局。”长老朝飞来峰上一指，说：“若论棋艺，这猿猴胜我十倍。”知府顺着长老的手指一望，见那只猴子在山上攀着葛藤荡秋千，就对长老说：“你把它叫下来，我不相信这畜生还能下棋！”长老朝山上拍了几下巴掌，那只猴子很快就跳到山下，来到长老面前，两只眼睛骨碌碌朝着知府看。长老向它打个手势，它就在棋枰前面蹲下身子，跟知府下起棋来。

这知府自然不是猴子的对手，连下两局，连一只活眼都做不出来。围着看热闹的人见堂堂知府大人还下不过一只猴子，忍不住哄笑起来。知府在众人面前出丑，气得脸上一阵红一阵白。他霍地站起身来，哗啦一声撒了棋子，大声吼道：“把这畜生抓起来，狠狠打！”

旁边的差役听知府一喊，一拥而上来捉猴。长老一看不妙，便伸手在猴头上拍了一下，说声：“去吧。”猴子一声呼啸，像箭一般蹿上飞来峰去了。等差役们追上山去，猴子早已爬上了树梢。它从这棵树跳到那棵树，又从那棵树跳到这棵树，一会儿东，一会儿西，比松鼠还灵活。差役们东奔西跑，累得上气不接下气，还是捉它不住。山脚下看热闹的人越来越多，知府气得浑身发抖，大喊大叫：“给我放火烧山，放火烧山！”

差役们刚刚想点火把，那只猴子噗地跳下树来，一声长啸，钻进半山腰的一个石洞里去了。差役们见了，急忙追进洞去，一看，这山洞不深不浅，三面石壁，前无门，后无路，找来找去就是找不到那只猿猴，只得下山回禀知府。

从此以后，长老身边就见不到猿猴了，只有当长老想和它下棋的时候，朝着石洞拍拍巴掌，呼唤一声，它才会从洞里走出来。后来，人们便把这个石洞叫作“呼猿洞”。

（宋光甫　搜集整理）

韬光金莲池

灵隐巢枸坞的韬光观里，有一口正方形的水池，叫作金莲池。池上方有一只石刻的龙头，一股泉水从龙嘴中流出来，落到金莲池里。金莲池的水据说可治百病，被人们视为仙水。

很早很早以前，有一年，杭州城里瘟疫流行。方圆几十里内，年老体弱的人都病倒了，家家呻吟，户户叹息，到处是凄惨的哭声。天上的玉皇大帝得知此事，派上八洞神仙吕纯阳到下界祛除瘟疫，拯救黎民百姓。

吕纯阳奉了玉帝的圣旨，来到飞来峰下。他想先试探试探下界凡人的良心如何，就摇身一变，变成一个弓腰驼背的白胡须老头，躺在飞来峰山口的路边呻吟。这时，从东边大路上走来一个二十来岁的小伙子，手里拎着一只篮子，急急忙忙地赶路。这个小伙子叫阿成，父亲去世多年，家中只有一个母亲，母子二人相依为命。近来他母亲也染上了瘟疫，卧病在床，阿成去茅家埠娘舅家里要了点大米，准备拿回家给娘烧点粥吃。到了飞来峰的山口，见路边躺着个白胡须老头，上前一问，老头说自己是外乡人，途经这里病倒了。

阿成听了，背起老头就往家走。到了家里，他把老头安置在自己的床上，连忙淘米煮粥。等到粥煮好了，先盛一碗给白胡须老头吃，再把另一碗端到母亲房中。老头吃了粥后精神好多了，对阿成说："你是个孝子，你的孝心定会感动天庭。"说完，起身走了。

晚上，阿成做了一个梦，梦见白天的白胡须老头又来了，精神矍铄，身上背着一只药葫芦。他对阿成说：“我是上八洞神仙吕纯阳，北高峰山腰的石洞里有仙水，可治你母亲的病。”说完，飘然而去。

鸡叫头遍，阿成就起床了，拿了葫芦瓢朝北高峰走去。到了巢枸坞，果然在山洞里找到一眼泉水。他弯下身喝了两口，觉得满嘴清洌，忙用葫芦瓢舀满水，拿回家给母亲喝。说来真怪，久病的母亲喝了仙水，第二天就能下床走路了。阿成赶紧把北高峰有仙水的事告诉了村里人。不久，北高峰山腰有仙水可治瘟疫的消息传遍了杭州城，病人喝了水，果然都好了。

大家为了感谢吕纯阳祖师的大德，就在这地方盖起了一个道观，塑上吕纯阳像，取名“韬光观”；又用石板围成栏，让泉水注入池中，池中种上名贵的金莲，取名“金莲池”。

（丁福昌　搜集整理）

三天竺

三天竺在天竺山和灵隐寺之间，自灵隐寺山门向南直上，可依次到达下天竺（法镜寺）、中天竺（法净寺）和上天竺（法喜寺）。三寺香火极盛，且少有尘浊气，是时下难得一见的清净之地。

梦 泉

苏东坡在杭州做知州时，与上天竺的慧觉和尚亲如兄弟，时常抽空去看望他。两人在寺旁楠木林下促膝谈心，吟诗诵经，别有一番情趣。

这一年杭州大旱，接连数十天滴雨不下。没有水比没饭吃还难过，苏东坡心急如焚，连日带领官员和侍从四处踏勘水源。这天，他到北高峰找水，傍晚来到上天竺，一来想在此借宿，明日一早赶去白云峰，二来也可与慧觉和尚谈诗论经，烦中取静。

苏东坡吃过晚饭，到寺后的八角亭乘凉，坐下没多久，就在石凳上睡着了。慧觉和尚做罢功课，到八角亭来，看他呼噜呼噜睡得正香。一会儿，苏东坡惊叫起来："水，水，快来汲水呀！"慧觉和尚以为苏东坡着魔了，连忙把他叫醒。

苏东坡眨眨眼睛，高兴地对慧觉说："我找到水了！我找到水了！"慧觉和尚问："水在哪里？"苏东坡说："我刚才做了一个梦，梦见楠木林下泉水奔涌而出，我还听到了哗哗的水声呢！"

苏东坡拉着慧觉和尚，三步并作两步来到楠木林下，见果然有一个四方形的水潭，泉水正从四壁岩缝里涌出来。苏东坡高兴极了，马上叫慧觉和尚取来笔墨纸砚，亲自写了一张告示，告知百姓上天竺有泉眼可以汲水，叫慧觉和尚明日一早张贴出去。

三天竺一带的百姓见到告示，真是久旱盼到了甘霖，高兴极了，都拎着水桶来挑水。奇怪的是，不管挑走多少水，泉水都不会干。后来，人们为了纪念苏东坡，就给此泉取名叫“梦泉”。

如今，梦泉仍然在上天竺佛殿旁的楠木林下，泉水清澈见底。

（应志良　搜集整理）

宝掌桥

下天竺与中天竺的溪流上有一座小石桥，叫宝掌桥，传说这座桥是宝掌和尚造的。

很早很早以前，天竺国宝掌法师从四川峨眉山来到中天竺，当上了第一代法师，号称“宝掌千岁”。

从上天竺下来有一条溪，溪水终年不断，溪上没有桥，百姓隔溪走动要绕一个大圈子，十分不便。

一天，宝掌法师从中天竺到下天竺去，看到溪边有十几个小孩正往溪里丢石块，以为小孩在玩，并不在意。可是，法师一连几次路过此地，总有那么一些小孩在往溪里丢石块，他很奇怪，就停下来问小孩在做什么，小孩齐声回答：“我们为法师过溪搭桥。”宝掌法师心里十分感动。

晚上回到寺院，宝掌法师左思右想，翻来覆去睡不着：“这里的小孩心地这样好，我也要为百姓做点好事。”他从床上起来，叫醒全寺和尚，点起蜡烛，来到溪边，抬石的抬石，垒石的垒石，天还没亮，一座石头桥就造好了。

有了这座桥，百姓走动再也不用绕圈子了。人们都说宝掌法师做了件好事，为了纪念宝掌法师，就把这座桥叫作“宝掌桥”。

千百年来，这里发生过一次又一次洪水，其他桥都被冲垮过，独有宝掌桥没被冲垮过，至今还在。

（应志良　搜集整理）

三生石

灵隐飞来峰东南麓有一块灵石，叫“三生石”，讲的是李源和圆泽和尚的一段因缘。

相传唐朝时有个叫李源的名士，与洛阳慧林寺的当家和尚圆泽十分要好，二人是知心朋友。一天，圆泽要到四川峨眉山去，李源表示愿意与他同往。圆泽准备出河南向西入潼关，经长安，然后穿越八百里秦川，过汉中入川。李源却坚决反对走长安一路。原来，他虽有满腹文才，却屡试不第，曾发誓今生今世不再踏入京城一步，他主张南下江浙，沿长江上溯，经江西、湖北入川。圆泽拗不过他，长叹一声，只好依从。

他们从洛阳出发，南下江浙，乘船溯长江而上。船到三峡，两人上岸去游天开图画寺。正在这时，一个三十开外的孕妇外着旧衣、内穿红裙，背着个瓦罐到江边汲水。圆泽一见，心有所悟。两人来到天开图画寺，圆泽对李源说：“我圆泽今生有幸，与君成为至交，情深谊厚。我因不忍离你而去，所以提出走长安，从汉中入川。如今大限到来，只得与君分别。你刚才看见的那个孕妇家，是我托生的地方。三天以后，请你前去一访，我见君后当以一笑为验，那小儿当晚即死。十二年后，杭州西山下天竺再与君相见。”圆泽说完，用香汤沐浴，端坐蒲团，合掌闭目，口诵佛经。不到两个时辰，声音越来越小，渐渐地悄然无声，跏趺坐化，寺内众僧高诵佛经相送。李源见圆泽坐化，连连叹息。

三天后，李源按照圆泽所言，前去寻访附近人家，打听到离寺院半里路的地方有一户姓张的人家，在三天前生下一个婴儿。李源来到张家，恰好是三朝，张家正在给小儿沐浴。说来真怪，那呱呱啼哭的婴儿见了李源，顿时破涕为笑。当天晚上，小儿果然夭亡了。

光阴如箭，转眼过了十二年，发生了安史之乱，陕西、河南一带兵荒马乱，李源便离开洛阳来到江南。踏进杭州城，他想起圆泽讲过“十二年后下天竺相会”的话，就急匆匆赶到下天竺。入寺后他烧香点烛，参拜观世音菩萨，心中默默念道：“愿菩萨保佑我李源，此行能与故友相见。”参拜后，信步来到寺后，只见迎面飞来峰层峦叠嶂，林木幽深，远处山脚下，有一块大石头临溪而立，潺潺溪水从石畔流过，好一派山川美景。李源看得入了迷，满怀喜悦地来到那块大石头上坐下休息。这时，从溪对岸传来牧童的歌声，李源闻声望去，只见一个十一二岁的牧童骑在牛背上唱歌：“三生石上旧精魂，赏月吟风不要论。惭愧情人远相访，此身虽异性常存。”一曲歌完，又唱一曲，“身前身后事茫茫，欲话当年恐断肠。吴越山川游已遍，却寻烟棹上瞿塘。”

牧童唱完歌，远远地看着李源，拍手大笑。李源感到惊奇万分，想过溪去问个究竟，但又被那溪水所隔，只能遥望牧童，见他穿过柳树林，隐没在飞来峰的山谷中。李源心中十分纳闷，在那块石头上坐了好久好久。

回到下天竺后，李源询问寺中僧人，才知刚才坐过的那块大石头叫“葛稚川石”，是著名道士葛洪炼丹时用过的炉台。李源回想刚才牧童唱的歌，屈指一算，从天开图画寺与故友圆泽话别到今天相会，正好是三生。他离开寺院，到下天竺附近农家四处打听牧童的住处，问了许多人家，都说不知道，看看日落西山，暮色苍茫，只得依依不舍地离开下天竺，踏上了归途。

后人为纪念李源，把他坐过的葛稚川石改名叫“三生石”，并把李源与圆泽和尚三生相会的故事写成文字刻在石上。

（丁福昌　搜集整理）

岳飞墓庙

岳飞墓庙位于杭州栖霞岭南麓，建于南宋嘉定十四年（1221），后来时兴时废，1979年按南宋建筑风格加以整修。庙堂庄严肃穆，祭祀南宋抗金名将岳飞。岳飞于南宋绍兴十一年十二月（1142年1月）被当朝宰相秦桧以“莫须有”的罪名缢死于风波亭。

“国”字少一点

杭州西湖岳王庙精忠园的正壁上镌刻着四个朱红大字“尽忠报国”，仔细看去，那“国”字上面少了一点。说起来，这里面还有一段慷慨悲壮的故事。

北宋末年，金兀术率兵入侵中原，占领了京城开封。金兵烧杀掳掠，京城十室九空，连徽、钦二帝也当了俘虏。中原百姓纷纷从军，与金兵决一死战。

在这国难当头之际，岳飞决心投军杀敌。他把自己的志向告诉了母亲，问母亲有何吩咐。岳母忠厚慈祥，是个深明大义的人，她回答道：“为娘愿你此去英勇杀敌，做个忠臣良将。今日娘要在你背上刺几个字，以表为娘教儿一片苦心。”岳飞十分孝顺，忙说：“娘亲说得有理。”岳母就在中堂摆下香案，焚香点烛，命岳飞拜过天地祖宗，叫媳妇磨墨侍候。

岳飞拜过天地祖宗，脱去上衣，露出背脊，跪在母亲面前，说道：“母亲就与孩儿刺字吧！”岳母提起笔来，先在岳飞背上写上四字，然后将绣花针拿在手中，在他背上一刺，只见岳飞背上肉一抖，忙停针问道：“我儿痛吗？”岳飞回答道：“娘亲刺也不曾刺，怎么问孩儿痛不痛？”岳母禁不住流下泪水道：“我儿！你怕为娘手软，所以说不痛！”说罢，咬紧牙关，一针紧接一针刺去。刺完以后，涂上墨醋，永不褪色。

岳飞取过铜镜一照，只见背上闪烁着乌黑锃亮的四个字——

“尽忠报国”，仔细一看，“国”字却少了一点，不禁问道：“娘亲，你刺的‘尽忠报国’四字，孩儿至死不忘，但不知为何‘国’字少了一点？”岳母听了，拭泪回答道：“只因金兵入侵，京城陷落，二帝被掳，如今是国家无主呀！我儿要永记靖康之耻，早日恢复中原，迎接二圣还朝！”岳飞点头回答：“母亲教导，孩儿铭记在心。”

岳飞投军后，牢牢记住背上“尽忠报国”四字，带领岳家军奋起抗击金兵，一直打到河南朱仙镇。正准备直捣黄龙府，谁知奸臣秦桧在昏君赵构面前挑拨，说岳飞如将二圣迎还中原，将置皇上于何地。他得到昏君的默许，连发十二道金牌，将岳飞召回杭州，打入死牢，又捏造了十大罪状，责令大理寺正卿周三畏对岳飞严刑逼供。岳飞在大理寺脱下衣服，准备受刑时，露出背上“尽忠报国”四字。周三畏一见，大为敬佩，只是对“国”字少一点不解，岳飞就将母亲刺字以及自己的一片报国忠心说与周三畏听。周三畏叹道：“这一点少得好！”他不忍屈害忠良，但又惧怕秦桧权势，只得挂印出走。

奸贼秦桧又让他的死党万俟卨充任大理寺正卿。万俟卨发现岳飞背上“尽忠报国”四个字，吓得不得了，主张刮掉。阴险毒辣的秦桧一见“国”字少一点，便嘿嘿冷笑两声，把头一摆说：“岳飞之罪足矣！”他对昏君赵构说：“岳飞身为主帅，目无皇上。他背上刺了‘尽忠报国’四个字，‘国’字却少一点，就是说当今国家无主，一心想迎接二圣还朝！”岳飞便以“莫须有”的罪名被缢死在风波亭。

（莫高　搜集整理）

精忠柏

在岳王庙里有一座精致的小亭子，亭里放着七八段奇特的木头，乌黑铿亮，硬得像石头一样，叫“精忠柏”。这精忠柏是怎么来的呢？事情还得从宋朝说起。

北宋末年，金兀术率兵入侵中原，一路上烧杀掳掠，一直打到汴京城。老百姓痛哭连天，康王赵构却从北边逃到南边，在杭州造起金銮殿，丢下半壁江山不管了。

有道是乱世出忠臣，那时候就出了个忠心耿耿的岳飞。岳飞牢牢记着母亲刺在背上的“尽忠报国”四个字，带领岳家军奋起抗击金兵。金兀术派出连环拐子马，被岳飞破了；金兀术使用铁浮图，也被岳飞破了。岳家军打到哪里，哪里的老百姓就举旗响应。金兀术打一仗败一仗，岳家军打一仗胜一仗，一直打到河南朱仙镇。

可是，乱世也出奸臣哪！那时候又出了个阴险毒辣的秦桧，他同金兀术早有往来。金兀术看看打不过岳飞，就暗地里派奸细与秦桧勾结起来，讲好条件害岳飞。秦桧是当朝的宰相，除了皇帝，数他的权力最大。他一连发了十二道金牌，把岳飞召回杭州，以“莫须有”的罪名将岳飞害死在风波亭。

这风波亭就在小车桥畔的大理寺里面。当时亭旁有一棵大柏树，枝繁叶茂，气势非凡。说来奇怪，自从岳飞被害，这棵大柏树就慢慢地枯萎了，可那树干却像一座高塔似的，屹立在风波亭边，稳如泰山。

大柏树的树干经历了宋、元、明三个朝代，越变越硬，直到清朝依然挺立在那里。有一年，太平军攻下杭州城，把营盘驻扎在岳王庙前面。当时正是夏秋之交，太平军里许多士兵忽然生起病来。统兵的王爷见士兵们头昏脑涨，浑身无力，吃药无效，心里很着急。老百姓都很拥护太平军，大家都到营盘里来问寒问暖。有个八十岁的老人拄着拐杖来找王爷，对王爷说："过去听说有人用风波亭的柏树皮治好过这种病，王爷不妨试试。"

王爷说："好呀！常言道：'单方一味，气杀名医。'老爷爷，你这么大年纪还记挂着我们太平军，真要谢谢你了！"

王爷送老人回家以后，回转营盘，就带个亲兵出去，找到了风波亭旧址，老人说的那棵枯柏树果然立在那里。他取下一些柏树皮来，回到营盘，煎了汤，叫来三个生病的士兵，各人先试吃一小盅。士兵一吃，果然灵验，第二天病就好啦。于是王爷又派人去取了些树皮来，所有士兵的病都好了。

王爷十分珍惜这柏树干，下令地方官要像保护岳王庙一样把柏树干保护好，不得有半点损坏。

过了一年，太平军在天京失利，退出杭州，清兵又回来了。到秋天，许多清兵也得了同样的病。那个带兵的武官听说去年太平军生这病是用风波亭的柏树皮治好的，他想，这柏树皮既然可以治病，也一定能够防病。于是他派人把柏树皮大片大片地剥下来，熬了几锅子汤，不管有病没病，叫每个士兵都喝了一大碗。谁知汤不喝还好，一喝可不得了了，没病的也生起病来，有病的干脆两脚一伸翘了辫子。那武官气得手都发抖了，就下令把柏树干烧掉。可是随便怎么烧，树身纹丝不动，还闪着黑亮黑亮的光泽，敲起来咚咚响，有金石之声。

那武官见烧不掉柏树干，便调来大批人马，用大石头把它敲碎，一敲敲成了七八段。老百姓看着实在痛心，有几个人趁着黑夜悄悄地把这七八段柏木运走藏了起来。

又过了许多年，有人在岳王庙里造了一座小亭子，把这几段柏木移放到小亭子里，外面装上栅栏，供人观赏。因为这柏树是岳飞死后枯萎的，像岳飞一样坚贞不屈，所以人们称它为“精忠柏”，那亭子就叫“精忠柏亭”。

（申屠奇　搜集整理）

臭秦桧

西湖边有一座岳坟，岳坟前跪着四个铁铸的人像，其中就有当年害死岳飞的秦桧夫妇。

早先，杭州城里来了个新上任的抚台，那人也姓秦，是秦桧的后代。抚台上任不久，便带手下人去逛西湖。他来到岳坟，看到老祖宗跪在岳飞坟前，忙用衣袖把脸遮住，倒退了出来。

抚台回到衙门，坐不安，卧不宁，便叫来师爷商量，想把铁像搬掉。师爷捋捋胡须，想了想说："如果明搬，老百姓一定不肯，说不定还会闹出事来。我看不如夜里派人把这对铁像丢进西湖，铁像沉到湖底，即便是把水车干了也难找到。"

抚台连声称赞道："妙！妙！"当夜便派人把铁像丢进湖里去了。

哪知道第二天天刚亮就出了一件怪事：西湖里的水忽然臭了，臭气冲天，熏得来往行人都捂住鼻子，个个想呕吐。

不知是谁，发现岳坟前面的铁像少了两个，就大叫起来："大家来看啊！大家来看啊！两个奸贼的铁像不见了，一定有人把它丢进湖里去了，要不，湖水怎么会发臭呢？"

老百姓知道了岳坟丢失秦桧夫妇铁像的事，便一起拥到抚台衙门里告状，要求拿办丢掉铁像的坏蛋。

抚台还睡在床上，听得门外人声嘈杂，便起来查问。手下人诉说了情由，抚台做贼心虚，便叫人传出话去，说他病了。老百姓哪里肯走，人越聚越多，差点把抚台衙门前的石狮子挤倒了。抚台怕这样下去要出事，硬着头皮出来见老百姓。他说：“这……这都是谣言，大家千万不可轻信！铁像怎么会弄得湖水发臭呢？”

老百姓都争着说：“是不是谣言，你到西湖边看看就知道了。”说着便围拢来，一定要拉他走。

抚台没办法，只得坐上八抬大轿到西湖边去。离湖边还有一段路，就有一股臭气朝轿子冲来。

轿到湖边，抚台从轿帘缝里往外一张，只见前面密密麻麻的全是人，心里突突直跳。他慢慢走下轿子，干咳了几声，说道：“湖水一时发臭，也是常情，你们不必大惊小怪。据我看来，这事与铁像无关，如果有人真从湖里捞出铁像来，本官甘愿辞官请罪！”

谁知抚台的嘴巴刚刚闭拢，墨黑的湖水一下子变得清澈见底，从湖底慢慢浮起一对铁像，好像有人托着似的直向抚台漂来。抚台吓得脸像黄纸，身子发抖，急忙钻进轿子，逃到衙门里躲起来，好久好久不敢露面。

铁像漂到湖边，老百姓就把它们打捞上来，重新搬到岳坟前面跪着。

（石文松　搜集整理）

净慈寺

净慈寺在南屏山慧日峰下，是五代吴越国国王钱弘俶为高僧永明禅师而建，原名“永明禅院”，南宋时改称“净慈寺”，为杭州西湖四大古刹之一。“南屏晚钟”是“西湖十景”之一。

万工池

西湖南边有一座净慈寺。起先，到净慈寺来烧香拜佛的人不多，寺院里一天到晚冷冷清清。

住持和尚问济公："为啥寺院香火旺不起来？"济公说："怪只怪那雷峰塔。"住持和尚不明白："雷峰塔同寺院香火有啥关系？"济公说："长老呀，你真是越老越糊涂。雷峰塔里镇着白娘子，白娘子吃煞法海的苦头，看见和尚恨得要命。雷峰塔对着净慈寺，寺院的香火怎么旺得起来？"

住持和尚听了，唉声叹气，愁得不得了。济公嘻嘻一笑，又说："长老莫发愁，要叫香火旺蛮便当，只要把雷峰塔颠倒过来就好了。"住持和尚听了济公的话，心里很不高兴，说："道济呀道济，你真是疯人说疯话，雷峰塔怎么颠倒得过来呢？"济公说："不难，不难，只要在净慈寺门前挖个大水池，让雷峰塔的影子映在水中，塔不就颠倒过来了？"可是要挖那么一个大水池，这么多的工人哪里去找，工钱从哪里来？济公说："长老莫发愁，我自有办法。"

第二天，济公请住持和尚买了一万双草鞋，放在净慈寺门口。门上张贴告示，凡是路过寺院门前的百姓，草鞋破了，都可以免费换一双新的。过了一个多月，一万双草鞋都换完了。

这天晚上，济公作起法来，把一万个人的魂灵统统请来挖水池。一夜工夫，净慈寺门前一个七八亩地的大水池挖好了。雷峰塔倒映在水中，景色更加迷人，到净慈寺来烧香拜佛的人多了起来。寺院门前的这个池塘是一万个人的魂灵挖出的，就称为“万工池”（即现在的放生池）。

（应志良　搜集整理）

火烧净慈寺

济公和尚出家在净慈寺。他做和尚跟别人不一样，什么清规戒律都不守，平日里一手提着酒壶，一手抓着狗肉，饿了便吃，醉了便睡。寺里和尚都讨厌他，早想把这个邋遢和尚赶走，无奈当家老方丈总是袒护他，说济癫是有来历的，叫大家不要难为他。

有一年农历六月廿三，正是火神菩萨生日，到净慈寺来烧香拜佛、祈求菩萨保佑的善男信女特别多，大殿里香烟缭绕，热闹非凡。

快到中午的时候，山门外来了一个年轻女人，身穿红缎子衣裳，手撑一把小阳伞，眼乌珠滴溜溜地东张张、西望望，朝寺里走来。就在这辰光，济癫和尚手里拿着两根青竹棒，从里面冲了出来。他用青竹棒拦住山门，不让这个女人走进寺来。女人闪到东，他拦到东；女人躲到西，他拦到西。急得那个女人面红耳赤，汗水直流。周围的香客见了，都说和尚没规矩，大天白日调戏妇女。寺里的和尚也埋怨老方丈不该袒护济癫，弄出这种败坏寺院名声的事，连忙到里面把方丈请了出来。

老方丈走出来，见济癫一副疯疯癫癫的样子，大声喝道："孽徒！出家人像啥样子，还不给我放手？"济癫见是老方丈，便将身子靠在门框上，笑嘻嘻地问："师父，你愿意有寺呢，还是无寺？"老方丈说："出家人六根清净，哪个愿意多事，自然是无事好。”济癫听了方丈的话，摇摇头，拖着两根青竹棒转身朝大殿后面走去，一边喃喃自语：“无寺好，无寺好……”

那个穿红缎衣裳的女人见济癫走开，马上走进大雄宝殿，在人群中东挨西挤，一下子不见了。这辰光，大殿里突然刮起一阵大风，有只红蜘蛛从正梁上挂下来，刚巧落在蜡烛上，“呼”的一声，火星四溅，大殿立即着了火，越烧越旺，霎时把净慈寺烧成一片火海，独有最后一间偏殿没有着火。

许多香客、和尚见后殿没烧着，纷纷跑去躲避。推门一看，只见济公赤裸着上身，躺在香案上睡觉，鼾声如雷。众人把他推醒，济癫眨眨眼睛，翻身坐起，对着大家嘻嘻憨笑。众人说：“寺都烧掉了，你还笑？”济癫说：“我知道，我知道！”他告诉大家，那个女人是火神菩萨的化身，今天午时三刻要来烧寺，他拦住寺门不让她进来，是想让她错过时辰，烧不成寺，想不到众人干涉，只好走开。

老方丈听了，埋怨说：“你怎么不早说？”济癫道：“师父莫怨我，我拦也拦了，问也问了，你不是说还是无寺好吗？”老方丈这才明白，原来济癫说的是“有寺无寺”，是自己听错了音，听成了“有事无事”，把偌大的一座寺院烧掉了，真是后悔莫及。

（周舸岷　搜集整理）

运木古井

传说有一年，净慈寺被天火烧掉了，为了重建寺院，当家和尚派徒弟四处化缘，又叫济公去化木头。

这一天，济公来到富春山，只见满山都是大树，碧绿一片，山脚下有个很大的庄院，看样子住着这座山的主人。济公便来到庄院门口，口念“阿弥陀佛”，把木鱼敲得梆梆响。

这户人家的当家人是个吃素念佛的老太太，听见木鱼声响，走出门来，见是一个邋里邋遢的化缘和尚，就说：“大师父，你是化粮还是化银子？”济公说：“我一不要粮，二不要银，只为净慈寺被火烧掉，方丈叫我来化些木头，重造寺院。”老太太说：“不知师父要化多少木头？”济公指着身上的袈裟说：“喏喏喏，包一袈裟就够了。”老太太听了心中好笑，这件破袈裟能兜住多少木头？就说：“师父请便，再多些也无妨。”济公双手合十，念声“阿弥陀佛”，从身上脱下袈裟，朝对面山头抛去。只听得半空中哗啦啦一阵响，老太太抬头看去，只见满天红光，那件袈裟越来越大，随风飞到对面山头上，把一座大山全盖住了。老太太见此光景，晓得今朝碰到活菩萨了，连忙跪地叩头：“活佛开恩，老婆子还有三个儿子要盖房造屋，成家立业，请师父给我留些后路。”济公连忙将老太太扶起，口称：“善哉！善哉！”

第二天，济公命人将山上的树木全部砍倒，把树梢统统削下，插在树墩头上，拿起破蒲扇噼里啪啦扇了一阵。说也奇怪，过了一夜工夫，这些树梢头竟又长成了大树。老太太又惊又喜，从此吃素念佛更加诚心了。

济公叫人将砍下的木头扎成木排，放入江中，顺流而下，直往杭州而来。不料一到杭州水城门口，被守门官卡住了，要济公缴纳关税方能过关进城。济公道："此乃建造寺庙之物，贫僧化缘得来，不比商贾买卖，请老爷方便放行，功德无量，阿弥陀佛。"守门官说："不成，不成，过关缴税，这是王法！"济公说："我从水底下过呢？"

"从水底下过……"守门官想，这木头哪能沉到水里去，就说，"若能从水底下过，那就免了。"济公念一声"阿弥陀佛"，双脚用力一蹬，连人带木头都沉到水底下去了，守门官目瞪口呆。

这一天，当家和尚正站在寺院门口张望，只见济公匆匆跑来，说："师父，造寺院的木头来了！"当家和尚朝大路一望，哪里有一根木头？济公说："在里面井里，你叫人捞起来就好了。"说着，拖着当家和尚朝寺里跑去。当家和尚到井边低头一看，井里果然有木头，高兴极了。

不久，净慈寺开工重建，工匠们将木头从井里拉上来，拉了一根又一根，拉了三天三夜也拉不完。后来，不晓得哪个叫了一声："够了，够了！"井里的木头就再也拉不起来了。

那根没有拉上来的木头，直到现在还在井里。这口井被大家叫作"运木古井"。

（冯振华　搜集整理）

净慈寺与诋毁和尚

净慈寺里有个诋毁和尚。这和尚不诵经打坐，喜欢议论天下大事。他讲得有理，骂得有趣，所以老百姓都喜欢亲近他。

乾隆皇帝到了杭州，听说有这么个和尚，心想，这和尚取这么个怪法号，必定是遁迹山林的前明遗老，不守本分的人。他便打扮成秀才，去净慈寺看个究竟。

乾隆进了净慈寺山门，叫诋毁和尚领他去耍子。见旁边有人在劈毛竹做香篮，他随手拾起一块劈开的毛竹爿，把青的一面朝着诋毁和尚，问道："老师父，这个叫什么？"

诋毁和尚说："叫竹皮。"

乾隆皇帝把毛竹爿掉转个面，将白的一面朝着诋毁和尚，又问："老师父，这个又叫什么呢？"

诋毁和尚道："叫竹肉。"

乾隆皇帝苦笑道："好个新鲜的名称呢！"

诋毁和尚听了，打个哈哈说："老客人呀，如今这世道变啦，名称也得跟着变哩！"

乾隆皇帝吃瘪了，只好闷声不响。原来，当时乾隆皇帝大兴"文字狱"，专门找茬杀人。如果诋毁和尚照着老称呼，把毛竹爿青的一面叫"篾青"，白的一面叫"篾黄"，就会被乾隆皇帝抓住小辫子，诬陷他要"灭清""灭皇"，杀他的头。

乾隆皇帝进了大雄宝殿，拜过如来，又到罗汉堂看了佛像，最后来到香积厨，就是寺院里的伙房。乾隆皇帝东张西望，见灶下放着一担豆芽菜，偏巧这时跑来一只小狗，抬起后腿在豆芽菜上撒了一泡尿。乾隆皇帝看在眼里，就问道："老师父，这豆芽菜算不算干净的东西？"

诋毁和尚说："豆芽菜水中生，水中长，当然最干净。"

乾隆皇帝说道："狗尿浇在上面还是干净的吗？"

诋毁和尚大笑道："眼不见为净，何必如此认真！"

这时，刚巧香积厨后门外有个小贩在高声叫卖："茶叶蛋要哦？茶叶蛋要哦？"乾隆皇帝灵机一动，改口问道："老师父，你们吃荤还是吃素？"

诋毁和尚回答说："净慈寺是海内外闻名，清规很严，当然吃素，不茹荤腥。"

乾隆皇帝嘴里一面说着"好，好"，一面开了后门，买了两只茶叶蛋，送给诋毁和尚吃。他想："这鸡蛋要说荤是荤，要说素是素。如果你说是荤的不肯吃，它却是没有血的东西；倘若你说是素的吃了，它却能孵出小鸡来。吃也罢，不吃也罢，怎么也得给你安个欺君之罪！"

哪知诋毁和尚不慌不忙地接过茶叶蛋，也不剥壳，咕嘟，咕嘟，一口一个，囫囵吞进肚皮里了。乾隆皇帝正想发作，诋毁和尚却念出一道偈语来："混沌乾坤一壳包，也无皮骨也无毛。贫僧度尔西天去，免在人间受一刀。"念毕，张开嘴巴，哇哇两声吐出一对小鸡来，停在他的手掌上。转眼工夫，这对小鸡就变成了羽毛丰满的大鸡，一只公，一只母。它们“喔喔喔”“咯咯咯”地啼了一阵，飞上一座山头，不见了。

乾隆皇帝惊得目瞪口呆，知道这和尚非同小可，惹他不起，就灰溜溜地走了。

（徐飞　搜集整理）

南屏晚钟

从前，杭州有个铸钟的工匠，一生铸过九九八十一口大钟小钟，却一直默默无闻，终因操劳过度，气衰力竭，一病不起。临终前，他把儿子阿龙和女儿阿凤叫到床前，哽咽着说："我就要闭眼了，再也看不到熊熊的炉火，听不到洪亮的钟声了。现在，你们兄妹已长大成人，祖业总算后继有人。我别的不盼，就盼你们为人世间铸出更多更好的钟来。"

工匠死后，恰巧南山的净慈寺和北山的凤林寺各要铸一口铜钟。阿龙和阿凤兄妹俩当即答应，决心要铸造出两口造型优美、声音悠扬的好钟，为杭州天堂、西湖佛地增添光彩。

阿龙和阿凤从小跟随父亲铸钟，学得一手好技艺。他俩想，西湖像一颗明珠，群山龙飞凤舞，怀抱着西湖明珠，最好铸造龙、凤两口钟。

阿龙铸的是净慈寺的钟。他想，净慈寺在南屏玉龙山下，不如铸一口九龙神钟。他日也雕、夜也雕，终于雕出九龙神钟的木模。翻好模型，烧红了炉火，炼出了一炉炉好铜，花了七七四十九天，铸成一口九龙神钟。只见钟身乌亮，九龙张牙舞爪，盘旋四周，栩栩如生。

阿凤铸的是凤林寺的钟。她想，凤林寺地处北山凤之首，不如铸一口百鸟朝凤钟。她日也雕、夜也雕，终于雕出了百鸟朝凤钟的木模。翻好模型，烧红了炉火，炼出了一炉炉好铜，花了七七四十九天，铸成一口百鸟朝凤钟。只见钟身锃亮，钟上丹凤独立，四周百鸟飞舞，生动多姿。

阿龙和阿凤分头将铸好的钟运到净慈寺和凤林寺，挂上了钟楼；又和寺里的敲钟和尚说好，一定要等他俩离开西湖以后再敲钟。凤林寺的敲钟和尚听阿凤的话，等阿凤走出三十里路后才敲响钟，所以凤林寺的钟声悠远洪亮，三十里外都能听到。净慈寺的敲钟和尚没听阿龙的话，没等他离开西湖，就想试试钟声，所以，净慈寺的钟声只能在西湖四周回响。

俗话说：名刹不可无钟。南山净慈寺得九龙神钟，北山凤林寺得百鸟朝凤钟，从此都出了名。民间流传着两句歌谣，一句是“凤林寺钟响三十里”，赞的是凤林寺钟声；一句是“钟声响彻夕阳天”，说的是净慈寺的钟声。不过，凤林寺的钟声虽然传得远，名声却远不及净慈寺。尤其是傍晚时分，净慈寺的钟声在苍烟暮霭中敲响，在山谷湖面缭绕回荡，格外悠扬动听，被人们誉为“南屏晚钟”，成为著名的“西湖十景”之一。

（莫高　搜集整理）

雷峰塔

雷峰塔在西湖南岸夕照山雷峰上，为五代吴越国国王钱弘俶所建。夕阳沉落，塔影横斜，景色颇为壮观，“雷峰夕照”南宋时就被列为“西湖十景”之一。民间传说，白娘子就被法海和尚镇压在雷峰塔下。

阳春三月，上八洞神仙吕洞宾变成了白发老头，挑一副担子，在杭州望仙桥边卖汤团。吃汤团的人把汤团担围得严严实实，都说汤团好吃。

这时候，有个老头抱着个小孩子挤进人堆里。小孩子看见别人吃汤团，吵着也要吃。那老头摸出铜钱向吕洞宾买汤团。吕洞宾找过钱，盛了一碗汤团递给老头，老头便用调羹舀起汤团喂小孩。谁知小孩吃了汤团以后哭了一夜，老头急得团团转，第二天一早就抱着小孩来到桥边找卖汤团的。吕洞宾听老头把前因后果这么一讲，将小孩抱到桥上，往他肚子上一揿，口里叫声："出来！"那汤团就从口里吐了出来，骨碌碌滚到望仙桥底下去了。

说是巧，真是巧。哪知桥底下有一条白蛇和一只乌龟正在修炼，白蛇抢吃了汤团，而乌龟没吃着，从此就对白蛇记了仇。原来那颗汤团是仙丹，本来白蛇和乌龟一样修炼了五百年，但白蛇吃了汤团后就添了五百年的功力，得道成仙了，变成漂亮的白娘子。

白娘子羡慕人间生活，由小青陪伴来到杭州西湖游览。这天，正巧是清明节，上山扫墓或到西湖边游春的人特别多。不料天空落起雨来，白娘子与小青就在断桥边柳树下避雨。这时有个后生腋下夹着一把雨伞从断桥上下来，他叫许仙，去灵隐山上为双亲扫墓回来。许仙是个热心肠，见两个女子被雨淋湿了，就说："柳树下怎能避雨，请用这把雨伞吧！"白娘子见许仙长得俊，心眼好，心里产生了爱慕之情，便接过雨伞。许仙听说这两个女子要去涌金门，特地叫了一只小船将她们送去。这时天还在下雨，许仙便把伞借给两人，说了声“我改日来取”就走了。白娘子作法，霎时涌金门耸起了一座楼阁。

第二天，许仙打扮得整整齐齐，直奔涌金门，小青已在那里等候。来到家中，白娘子热情款待，并由小青做媒，雨伞为聘，与许仙结为夫妻。

许仙与白娘子成亲以后，搬到镇江开了一爿保和堂药店。药店开起来后，免费为穷苦百姓治病，从早到晚，店堂里人来人往很热闹。

转眼到了端午节，家家户户要吃雄黄酒，白娘子、小青一受雄黄的刺激就有显现原形的危险。这天，白娘子要小青午时三刻到山上去躲避，她想自己有修行千年的功力，应不成问题。吃午饭的时候，许仙烫了一壶雄黄烧酒，一定要白娘子喝。白娘子左推右推推不掉，看在夫妻情分上，又仗着自己有修行千年的功力，硬着头皮喝了一口。哪晓得，酒刚落肚便发作起来，她顿时头痛难忍，只得上床休息。这时，许仙调了一杯醒酒汤来给娘子醒酒，走到床前撩起帐子一看，不见了娘子，床上却盘着一条大蛇，他惊叫一声，吓煞在地。

小青避过午时三刻，回到家中，只见许仙死在床前，连忙叫醒白娘子。为救许仙，白娘子便到昆仑山南极仙翁那里盗来灵芝仙草，救活了许仙。

再说桥下的那只乌龟在如来佛莲座下听经，偷了金钵、袈裟和青龙禅杖，变成法海和尚，来到凡间镇江金山寺，做起了方丈。他嫌寺中香火不旺，便在镇江城里散布瘟疫，想叫人都来烧香许愿。但白娘子保和堂药店的“辟瘟丹”很灵，把瘟疫都治好了。法海气得要命，就到保和堂药店找到许仙，骗他七月十五去金山寺烧香。许仙听信法海之言，来到金山寺，被法海关在庙中。白娘子为救丈夫，水漫金山寺。此时她已有七个月身孕，一场恶战，杀得筋疲力尽，于是且战且退，逃回西子湖畔。来到断桥边，回想往事，白娘子不由得埋怨许仙薄情。许仙在小沙弥的帮助下逃出了金山寺，也来到断桥边。夫妻相见，白娘子又怜又气又恨，许仙感到十分惭愧。后来，白娘子见许仙一片真情，与他重归于好。

过了几天，白娘子生下一个儿子。满月那天，法海和尚闯到白娘子房里，一定要把许仙带回金山寺去。白娘子抽出宝剑，怒向法海，法海举起手中金钵，白娘子被金钵光芒罩住，无法动弹。小青助战，但敌不过法海，只得败走。白娘子将孩儿交与许仙，嘱咐他好好教养儿子。法海和尚收了白蛇，在南屏山净慈寺前面造了一座雷峰塔，把白娘子镇在塔下。

不知过了多少年，小青修炼多年后功力大增，赶回杭州与法海斗法。这时如来佛赶来，将法海的三件宝物全部收回。法海终于招架不住，连连败退。只听一声巨响，雷峰塔倒了，白娘子从塔里挣脱出来，与小青同斗法海，法海吓得逃到西湖里。这时，白娘子又施法术将西湖水抽干，使法海无处躲藏，最后只得钻到螃蟹的肚脐里。至今，我们吃螃蟹时，还能从蟹脐里找到那个秃头和尚呢。许仙带着儿子赶来，历尽磨难的夫妻终于团圆了。

（胡月娟　搜集整理）

玉 泉

西湖仙姑山北清涟寺内有一口长方形的水池，名叫“玉泉”，泉水从地下涌出，晶莹明澈。池中放养着百余条数十斤重的大鱼。泉池变鱼池，观鱼忘观泉，正应了刻在池畔亭柱上的那副宋人题联：“鱼乐人亦乐，泉清心共清。”

老早以前，玉泉这地方的寺院里，有一位能看眼病的老和尚。他医术高明，心地善良，给百姓看病免费施药，从来不收钱，方圆百里都很有名气。

有一次，东海龙宫的海龙王得了眼病，两眼红肿，疼痛难熬。他听说玉泉寺老和尚专治眼疾，手到病除，便摇身一变，成了一个白面书生，来到寺里求医。老和尚问明起病原因，替他细心检查，敷药调治，吩咐他每隔三日来换一次药。

海龙王去了三次，眼病果然好了。他心里十分感激，从身边摸出一颗夜明珠，送给和尚作为谢礼。老和尚推辞说："老僧乃方外之人，要这宝贝何用？况且老僧治病只为行善积德，方便百姓，施主不必客气。"说罢，为海龙王倒了一杯香茶，两人便聊起天来。

海龙王说："这里山高林密，环境幽静，真是个修行的好地方！"老和尚叹了一口气，说："施主有所不知，此处千好万好，就是一点不好。""什么不好？""此处一无溪流，二无井泉，终年无水，要到很远很远的地方去挑。老僧年迈，实在不便。"海龙王听了，便说："这事好办，我马上在这里为你打一口井，就算对师父的报答吧！"说完，他站起身来，走到寺院的天井里，用手往地上一指，霎时地底下就涌出一股清泉来。这水长年不断，永不干涸，清得像碧玉一样，人们把它叫作"玉泉"。

（应水娟　郜鸣镛　邵永梅　搜集整理）

虎 跑

虎跑位于西湖西南大慈山白鹤峰下。唐元和十四年（819），性空大师在此建寺。宋代高僧济公圆寂于虎跑寺。被佛门称为“重兴南山律宗第十一代祖师”的弘一法师剃度出家也选在虎跑寺。三位名僧为古老的庙宇增添了几许传奇色彩。虎跑寺以清泉闻名，每天去寺内取水的人络绎不绝，也成一景。

虎跑寺大殿门口，有一口方方正正的水井，叫“虎跑泉”，传说是老虎跑出来的。

从前有兄弟二人，哥哥叫大虎，弟弟叫二虎。兄弟俩爱打抱不平，遭到官府迫害，只好流落他乡。

有一年，兄弟俩来到了杭州。一天傍晚，两人走到一座山下，见山峰不高，却分外秀丽，树木不密，却相当清幽，便沿着弯弯曲曲的山路一直向前走。走着走着，天黑下来了，兄弟俩想找个地方借宿，见树丛中有个小村庄，近前一看，疏疏落落有十来户人家，山脚还有一座小寺院。兄弟俩走到寺院门口，正好老和尚出来关山门，大虎上前说道：“老师父，我们从远处到此，想在宝寺住上一些时候，不知是否可以？”

老和尚看着兄弟二人，合掌说道：“这里住住倒也无妨，只是山寺香火清淡，斋粮有限，生活清苦。”

二虎忙说：“老师父，这个不用发愁，我兄弟二人可以砍柴挑卖，用力气换饭吃。”

兄弟俩就这样在寺里安下身来。吃晚饭辰光，二人连声称赞这地方好。老和尚听了，叹口气说：“这地方啥都好，就是缺水。吃水要到山下的小溪里去挑，来回有七八里路。当年这里有许多和尚，但都吃不起这个苦，走了。我呢，年纪轻的时候还好，如今老了，挑不动了，看来也很难住下去了。”

兄弟俩一起说：“老师父放心，我们有的是力气，劈柴挑水有我们哩，你就收下我们做徒弟吧！”

老和尚喜出望外，点头答应。从此，兄弟俩每天清早就下山挑水。他们年轻力壮，一担水挑起来轻轻松松，走得飞快，半天下来，寺里大大小小的水缸都挑满了。兄弟俩又肯帮助人，常常把全村十多户人家的水缸也挑满了。村里人很感激，大家都亲热地称兄弟俩为“虎师父”。

转眼许多年过去了。有一年冬天，天气奇寒，西北风刮得呜呜叫，可就是不落雨、不下雪，山下那条小溪也干涸了。村里人吃不上水，家家发愁，人人叹气。二虎老远跑到钱塘江里挑回一担水来，大家一尝，味道又咸又苦，实在不能吃。这时，大虎想起那年路过南岳衡山的时候，见到那里有一股活水叫“童子泉”，泉水清冽，终年不干。兄弟俩一商量，决定去把童子泉引过来。

第二天一早，大虎、二虎来向师父辞行。老和尚送他们到山门口，含着眼泪说：“徒儿呀！这一去千里迢迢，愿菩萨保佑你们。”

兄弟俩辞别师父，朝衡山方向走去。一路上，不知翻过了多少高山，也不知渡过了多少大河，鞋子磨烂了，衣裳挂破了，兄弟俩还是不停地走。好不容易来到衡山脚下，已经筋疲力尽了。他们咬紧牙关，一步一步挪到童子泉跟前，听到了叮咚的泉水声，心里一阵高兴，不觉晕了过去。

待兄弟俩苏醒过来，只见面前站着一个童子，头上梳着双丫髻，手里拿着一根杨柳枝条，把泉水洒在大虎、二虎身上。兄弟俩觉得浑身都是力气，一下子站起身来。大虎认出这童子就是泉水的主人，忙说明来这里的原因，求他答应把童子泉搬走。童子听了，连连摇头，兄弟俩就跪在地上苦苦哀求。童子说："要搬这股泉水，得有九牛二虎之力，凭你们两个哪里搬得动？"兄弟俩说："只要能搬动泉水，我兄弟二人死而无怨。"童子点点头，说："难为你们一片诚心，我就成全你们吧！"说罢，将杨柳枝条在他们身上一拂，兄弟俩立即化为一对吊睛白额的猛虎，并排站在童子泉边，朝着东北方向仰天长啸起来。

就在这一天夜里，老和尚在打坐时突然做起梦来。他梦见两只猛虎一前一后跑来，蹲在他面前，约莫过了半炷香工夫，老虎又扭转身子往外走。老和尚觉得奇怪，正想跟出去看看，忽然发现老虎蹲过的地方冒出一潭清泉来，泉声叮咚，水光盈盈。老和尚高兴得哈哈大笑，梦也醒了。

第二天，老和尚把自己的梦向村里人一说，大家都说这是个好兆头，说不定大虎、二虎千里引水感动了菩萨，菩萨派老虎送水来了。正在这时候，有个牧童说，有两只老虎正面对面伏在大殿门口。众人过去一看，果真有两只老虎，浑身黄毛，蹲在那里，吓得掉头就跑。这时，两只老虎轻轻吼了一声，老和尚听了，像是大虎、二虎的声音，禁不住叫道："大虎！二虎！"那两只老虎朝老和尚点了点头，用前爪在地上跑了起来，一歇工夫就跑出了一个大坑。老虎绕着大坑转了几圈，一声长啸，跃入山林，无影无踪了。老和尚走到坑边一看，泉水咕嘟咕嘟往上冒，一会儿工夫就积满了。

从此以后，村里人再也不用为吃水发愁了。人们就用青石板围在大坑四周，砌成了一口方井，称为“虎跑泉”。这个寺院，也就叫“虎跑寺”了。

（郭榕　搜集整理）

水乐洞

南高峰下烟霞岭上有烟霞三洞，即石屋洞、水乐洞、烟霞洞。由石屋洞往前约五百米，就是水乐洞。洞深六十余米，洞口有清泉流出，声如金石，十分悦耳。

春去秋来，祝英台、梁山伯在万松书院读书不觉已有一年。两人同窗共读，情同手足，同院书生都很羡慕这一对好友。但是，书院里有钱、马、杨三个书生，家居杭城，有钱有势，一天到晚游手好闲，还看不起外地同学。英台年少气盛，不免挖苦几句。这三人怀恨在心，总想找个机会捉弄一下英台。

这年清明节，书院放假一天。山伯到城里去买笔墨纸砚，英台在房中看书。三个蠢书生见梁山伯进城去了，便暗暗商定，约英台游湖，吟诗作对，戏弄英台一番。他们知道英台一定不肯去，就想出个激将法，对英台说："我们三人也算是饱学之士，谅书院也没人敢与我们比试。英台兄如有胆量，不妨到湖边一试。"英台听了，杏眼圆睁，说："好啊！既然三位仁兄有此雅兴，小弟一定奉陪。"便随着三个书生一起到了清波门，雇上游船，往湖中荡去。

上了游船，英台无心赏景，开口道："既要吟诗作对，就请哪位仁兄先出句。"钱书生以年长自居，指了指自己手上的扇子，摇头晃脑地说："手上扇，扇风风出扇，扇动风出。"

英台望见岸上农夫在车水灌田，不假思索地答道："脚下车，车水水随车，车转水流。"

马书生也不示弱，说道："四书五经，全凭文章满腹；才气横溢，他日金榜题名。"

英台听了肉麻，随口讽刺道："金银珠宝，全凭趋炎附势；才疏学浅，他日名落孙山。"

英台回敬了两联，觉得出了口气，回头想想，今天孤身一人，何况自己又是女儿身，如果他们一时气恼，恶作剧起来，自己就要吃眼前亏了。于是，她婉转地说：“刚才小弟多有冒犯，请三位仁兄多多包涵。吟诗作对，要有好酒助兴。今日小弟做东，到南屏山酒家叫些酒菜来，不知三位仁兄意下如何？”

三人平日就是酒囊饭袋，这时酒瘾也上来了，想着今日一定要灌醉英台，就回答说：“今日是我们做东，应该我们请客。”吩咐船家在雷峰塔靠岸，叫祝英台船上稍候，便兴冲冲上岸沽酒买菜去了。

祝英台看他们三人上了岸，自己也急忙下船，直向赤山埠奔去。等到那三人叫了酒菜上船，一看不见了祝英台，才知上当。

再说梁山伯买了笔墨纸砚回来，不见英台，一问先生，知道被人拉去游湖了，急急赶到清波门船埠。问船家，知道他们往南山而去，便雇船追去。追到雷峰塔前，只见三个书生在游船上划拳猜枚。船家告诉山伯，英台早已上岸往赤山埠方向而去，山伯便弃船上岸，一路寻去。

山伯边走边想：平时与英台游湖时，英台总爱到水乐洞去，那里是个读书吟诗的好地方，今天会不会也到水乐洞去了？到了水乐洞口一看，不见人影，就摸进洞去，果然见英台一人坐在那里打瞌睡。他怕祝英台着凉，便脱下衣衫，轻轻披在英台身上。英台醒来，一见是山伯，顿时如见亲人，眼泪扑簌簌地落了下来。

后来，杭城父老便在水乐洞里塑了梁山伯、祝英台的像，纪念祝英台落难水乐洞。

（莫高　搜集整理）

二老亭

龙井寺前有一条迂回曲折的小溪，名叫虎溪，溪上那小小的石拱桥唤作虎溪桥，桥上有一座古老的石亭，就是过溪亭，也称二老亭，这里有一段苏东坡与高僧辩才的故事。

西湖西面崇山峻岭中有一座龙井寺，寺前有一条迂回曲折的小溪，名叫虎溪，溪上有座小小的石拱桥，名叫虎溪桥，桥上有座古老的石亭，名叫二老亭。

虎溪桥上的石亭为啥叫二老亭呢？相传北宋时龙井寺中有位高僧叫辩才禅师，曾立下一条清规：殿上闲话，最多不过三炷香；山门送客，最远不过虎溪。辩才还在寺后建了一座草庵，取名“远心庵”，常常独自在庵中静心参禅。附近茶农见了他，都呼他为“远公”。

苏东坡第一次到杭州来当通判，就十分敬仰辩才的禅理学问，慕名到上天竺寺拜访这位高僧。二人一见如故，秉烛夜谈，十分投缘。

转眼过了十五年，苏东坡再次来杭州当官。他听说辩才已归隐龙井寺，就头戴斗笠，身披蓑衣，手扶藤杖，前去探望老友。

苏东坡来到龙井寺前，正想叩门，只见一位白头老僧肩上扛着一根禅杖，上挂酒葫芦，一甩一甩地从龙井村而来。苏东坡见他身影好像辩才，就在山门前停了下来。辩才虽已年老体衰，一双慧眼仍炯炯有神，也早认出苏东坡了。二人相见，手拉着手，哈哈大笑：

“辩才长老，十五年不见，你老了啊！”

“唉，岁月不饶人。太守二次来杭，也两鬓添霜了啊！”

这时，苏东坡见辩才身背酒葫芦，好不奇怪：“长老，你身背酒葫芦，难道出家人也开戒了？”

“哈哈，我知道太守不忘故交，一定会来，特地去沽了美酒招待嘉宾啊！”

辩才把苏东坡引进寺里，立即泡茶烫酒。辩才说：“山寺无佳肴招待太守，只有饮茶、食笋！”

苏东坡哈哈一笑，吟道：“茶笋尽禅味，松杉真法音！”

二人越谈越投机，苏东坡开怀畅饮，已微有醉意，辩才又邀请苏东坡同登风篁岭。苏东坡登上风篁岭翠峰阁，只见四面修竹，翠色迷人，远处西湖，平静如镜，不禁赞道：“此处不愧为湖山第一佳处，远公好有福气啊！”

当天晚上，苏东坡留宿龙井寺中。

第二天清早，苏东坡要告辞了。辩才又亲自相送，一边走着，一边谈着，不知不觉送过了虎溪桥。这时，山上牧童、茶农都哈哈大笑，齐声喊道：“远公，送客已过虎溪了！”

辩才闻声，抬头看看，才知已至风篁岭下，早过了虎溪桥，不禁哈哈大笑，说：“杜子美有云‘与子成二老，来往亦风流’啊！好，太守慢走，恕不远送。”

苏东坡手拿竹笠，向辩才笑道：“长老破例啦！请留步。”

二人在一片笑声中依依惜别。后来，辩才便在虎溪桥上建了一座石亭，取名“二老亭”，以纪念这段佳话。苏东坡回到州衙，也挥笔写了一首五言诗，专门记叙此事：“此生暂寄寓，常恐名实浮。我比陶令愧，师为远公优。送我还过溪，溪水当逆流。聊使此山人，永记二老游。”

（莫高　搜集整理）

满觉陇桂花厅

满觉陇桂花厅位于杭州西湖以南，南高峰与白鹤峰夹峙下的自然村落中。五代时建有圆兴院，北宋治平二年（1065）改为“满觉院”，“满觉”意为“圆满的觉悟”，地因寺而得名。满觉陇沿途山道边植有七千多株桂花树，每当金秋季节，珠英琼树，香飘数里，人在花中，沐“雨”披香，别有意趣。

杭州城外有一座南高峰，南高峰脚下有个村子，叫作满觉陇，满觉陇里有个名气蛮大的桂花厅。说起这个桂花厅，还有一个传说哩。

有一年，清朝乾隆皇帝下江南，来到杭州，在西湖四周到处游山玩水。有一天，他带着书童，在杭州知府的陪同下微服出游，先坐着轿子来到龙泓山上的龙井寺，喝了几口寺里长老泡的龙井茶，金口一开，封了御茶十八棵；又兴致勃勃地翻过翁家山，登上南高峰，由南高峰下山，沿着弯弯曲曲的山路，来到满觉陇。

人还未进村里，桂花香气已经闻到了。迎面轻风中，阵阵清香扑鼻，使人精神振作了许多。他们在村口下了轿，信步向村里走去，一边走一边看。从上满觉陇到下满觉陇，村里村外，屋前屋后，溪流两岸，道路两旁，漫山遍野都是桂花树。那知府混充内行，介绍给乾隆皇帝听，什么开黄花的叫金桂，开白花的叫银桂，开红花的叫丹桂，品种真是不算少，还有什么百年桂、千年桂、万年桂，名堂多得不得了，弄得乾隆皇帝眼花缭乱，听得木耳咯知（不知所云）。越往前走，游人越多。这一天正好是八月中秋节，大路上赏桂的人特别多，有的是香袋背背，烧香带秋游，有的是轿子坐坐，登高游山带赏桂，真是游人如织，十分热闹。

他们随着熙熙攘攘的人群，来到石屋洞前。这里桂树成林，有几株百年老桂树，老枝新芽，花朵开得特别旺，香气特别浓，简直把人醉倒。乾隆皇帝看到如此大的桂树，闻到如此香的桂花，龙颜大悦，便在洞前的凉亭里坐下休息。这个辰光他走路走得有点累了，身上热乎乎，嘴里干巴巴，心里想喝茶，可惜附近没茶水。乾隆皇帝对旁边的知府说："这个地方要是搭个台，台上造个厅堂，坐下来品茶赏桂，就是一个极好的桂花厅。"知府一听，连连点头称是，称赞皇上圣明。

第二天，知府派人通知当地里正，传达皇帝圣谕，马上在石屋洞前搭台建厅堂。皇命难违，里正立即组织村里年轻力壮的劳力日夜施工。十天工夫，石屋洞前的平台上建起一座崭新的厅堂，青瓦红柱，油漆刷得亮晶晶。厅堂落成这天，满觉陇里人山人海，城里的文武官员、平民百姓都来看热闹，石屋洞前比城隍山上赶庙会还要热闹，大家都想看看乾隆皇帝钦定的桂花厅。"桂花厅"的名字就这样叫响了，一时间传遍了整个杭州城。以后叫得多了，"桂花厅"几乎成了"满觉陇"的代名词，相沿至今。

（丁福昌　搜集整理）

宝石山

宝石山位于北里湖北岸，山体属火成岩中的流纹岩和凝灰岩，含氧化铁，呈赭红色，在日光映照下似翡翠、玛瑙一般，因名“宝石山”。山巅有保俶塔，始建于五代吴越国时期，现塔为民国时重建。杭州人素有“雷峰似老衲，保俶如美人”之说。葛岭岭头有初阳台，为观日出之绝佳处。

保俶塔

杭州宝石山上有一座秀丽挺拔的保俶塔，传说原先叫作“保叔塔”。

很早以前，西湖边有一户人家，兄弟两个，父母双亡。阿哥已经成家，有一个三岁的儿子，靠种田、打柴、西湖里捕鱼虾过日子；阿弟还没有成亲，在苏北一爿绸布庄里当伙计，逢年过节才回家一趟。

有一年秋天，阿哥被官府抓去当兵，半路遇到了出门在外的阿弟。原来，阿弟听到要打仗的消息，觉得在外头兵荒马乱不太平，想念家中兄嫂，便辞别主人，收拾了行李，急急赶回家来。想不到途中遇见阿哥，两人悲喜交集，抱头痛哭。

阿哥对阿弟说：“兄弟，你回来得正好。我这一去，生死难卜，不知何日才能回来。家中剩下你嫂嫂和侄儿，拜托兄弟多多照顾。”阿弟听了十分难过，对阿哥说：“哥哥，你已成家立业，嫂嫂年纪轻，侄儿还小，你如何放心得下？我还没成家，光杆儿一个，就是在战场上死了也无牵无挂，还是让我代你去吧！”阿哥说：“爹妈死的时候，叮嘱我要把你抚养成人，我怎么能让你去？”但阿弟已下了决心，他把阿哥拉到一个偏僻的地方，将身边的银两、包裹交给阿哥，叫阿哥赶紧回家，自己转身跟着队伍走了。

阿哥回到家里，把事情的经过跟妻子一讲，妻子感动得流下了眼泪。她对天焚香，祝愿小叔平安康宁，早日归来，并且立下誓愿，一定要为小叔造一座长生塔，报答恩情。从此，她省吃俭用，把银钱积攒起来，几年以后，就在宝石山上造了一座青砖宝塔。

后来，有个新任杭州知府游览西湖，来到保叔塔前，听说这是一位嫂嫂为求天保佑小叔造的长生塔，心中起疑，认为叔嫂之间必有私情，便拿过笔墨，在塔身上写了一首讽刺诗："为何保叔不保夫，叔何亲密夫何疏。纵然掬尽钱江水，难洗娇娘一生污。"

知府在塔上题诗的事很快传到了嫂嫂的耳朵里，她心里很气愤，就在知府写的诗旁边也写了四句诗，表明自己的心迹："叔叔出征代奴夫，为报深恩造浮屠。奴心明似西湖水，大人何须费猜度！"

人们读了嫂嫂的诗，才知道她为小叔造塔的原因。大家都称赞她知恩图报的美德，说她懂得做人的道理。后来，一些读书人商量着给"叔"加了个人字旁，保叔塔就成"保俶塔"了。

（徐春生　宋光甫　搜集整理）

初阳台

很早很早以前，宝石山脚下有个小村庄。村里有一对年轻夫妻，男的叫刘春，女的叫慧娘，男耕女织，勤勤俭俭，日子过得蛮甜蜜。这一年，慧娘怀孕了，夫妻俩好不欢喜。

一天早晨，通红的太阳刚从东方升起，刘春就背着锄头下田去干活，慧娘也理好丝线，坐到机上去织锦。这时，突然刮起一阵狂风，满天黑云滚滚，刚升起的太阳一下子不见了。

从此，太阳就不再升起来了。没有太阳，处处又黑又冷。树叶不绿了，花朵不红了，庄稼不长了，所有的妖魔鬼怪都趁着黑暗到人间来行凶作恶。这样的日子怎么过呀？人人都发愁。

太阳哪里去了呢？住在宝石山脚下的一位一百八十岁的老公公说："东海底下有个魔王，统领着许多小妖。这些妖魔鬼怪最怕太阳，最恨太阳，太阳就被这个魔王抢去了。"

刘春和大家一起在黑天黑地里过日子，心里很难过。他摸着黑，到村子里去探望乡亲。走到这家，这家说："刘春呀，没有太阳怎么过啊，我们都快冻死了！"走到那家，那家说："刘春呀，没有太阳怎么过啊，大家都快饿死了！"刘春听了这些话，心里像刀割一样难过。他回到家里，对慧娘说："慧娘呀，世上没有太阳，大家都快冻死饿死了，我打算去把太阳寻回来！"慧娘听了，就说："你去吧，家里的事你不用牵挂。只要你把太阳寻回来，大家就有好日子过了。"

慧娘从头上剪下一绺长发，掺在麻丝里打成一双草鞋，又缝了一件厚厚的棉袄给刘春带着。她把丈夫送到门口，忽见天边金光一闪，远远飞来一只金凤凰落在刘春肩膀上。刘春抚摸着金凤凰，说："金凤凰呀金凤凰，跟我一道去寻太阳吧！"金凤凰转了转眼珠，叫了一声。刘春又拉住慧娘说："慧娘呀，我这番去，寻不到太阳就不回来。若死在路上，我要变成一颗明亮的星星，给后来寻太阳的人指引道路！"

刘春跟着金凤凰走了。慧娘天天摸着黑，爬到宝石山顶上张望。盼呀盼，不知道望了多少日子，世上还是墨黑墨黑的，不见一丝阳光。有一次，慧娘看见一颗晶亮的星星突然从地面飞起来，挂到了天上，没多久，金凤凰飞回来了，垂着头停在她的脚边。慧娘知道刘春在路上死了，心里一阵难过，昏倒在地。

当慧娘醒来的时候，她怀着的孩子生下来了。这婴儿见风就长，一阵风吹来，会说话了；两阵风吹来，会跑路了；三阵风吹来，就长成了一丈八尺的彪形大汉！慧娘欢喜极了，给孩子取个名字叫保俶。

慧娘领着保俶回家，望望儿子，想起丈夫，不禁扑簌簌地掉下眼泪来。保俶见了就问："妈妈，你为什么哭呀？"慧娘忍住悲痛，把他阿爸寻太阳死在路上的事讲给他听。保俶就说："妈妈，让我去把太阳寻回来吧！"慧娘看看儿子，舍不得他离开，但想到人们都在受苦，总得争个出头日子，便点头答应了。

慧娘从头上剪下一绺头发，掺和着麻丝打成一双草鞋，又缝了一件厚厚的棉袄让保俶穿上。保俶走到门口，那只光灿灿的金凤凰又飞来了，停在他的肩膀上。慧娘指着天上那颗亮晶晶的星星对保俶说：“儿呀，那颗星星是你阿爸变的。朝着他指引的方向走，你就不会迷路了。”保俶点点头。慧娘又指着金凤凰对保俶说：“这金凤凰曾陪伴你阿爸去寻找太阳，你还是跟它一道去吧！”保俶点点头，说道：“妈妈，我一定要把太阳找回来。我走后，不论时间过多久，你都不要难过！你要是一掉泪，我的心就会颤抖起来，再也没有力气去寻太阳了。”

人们听说保俶要去寻太阳，都赶来送行，有的送衣裳，有的送干粮，一直把保俶送出好远好远。

保俶跟着金凤凰出发了，一路上，不顾黑暗和寒冷，朝着东方那颗明星一个劲地往前走。走呀走呀，他拐过一弯又一弯，翻过一山又一山，攀上了十八层陡壁，越过了十九道悬崖，荆棘把他的棉袄扯成布条条，刺柴在他身上划了许多血口子，棉袄越来越破，天气越来越冷。这一天，保俶走进一个村庄，村里的人见来了个远客，就围上来问他：“孩子，你要往哪儿去呀？”保俶说：“我寻太阳去！”大家听说又有人要去寻太阳，都很高兴，千叮咛万嘱咐，叫他一路上多加小心。人们看保俶身上的棉袄很破烂，挡不住风寒，就每人剪下自己的一块衣角，缝成一件百家衣送给他。保俶穿上这件百家衣，从心底里感到暖和，再也不怕寒冷了。他辞别乡亲们，继续赶路。

保俶不停地往前走，游过一河又一河，涉过一滩又一滩。一天，他来到一条大河边。这条大河一眼望不到边，就是老鹰也飞不过去；水流湍急，跟房子一样大的石头也会被它冲跑！勇敢的保俶一点也不畏惧，跳进大河里，咬紧牙，屏住气，使劲地朝对岸游。水浪没头没脑地打他，漩涡把他卷来卷去，保俶还是使劲地游。眼看就要游到对岸了，忽然一阵寒风吹来，河水全都结成了冰。保俶给冻在大河当中，金凤凰也冻死了。

保俶身上穿着百家衣，再冷也不怕。慢慢地，他身上的热气把冰块融化了，他赶紧把金凤凰紧紧地抱在怀里，然后捏紧拳头，使劲往冰上一砸，哗啦一声响，满河的冰都裂成块啦。河底的水卷着冰块向保俶冲来，保俶一挺身，跳上一块冰，接着从这块冰跳上那块冰，终于上了岸。怀里的金凤凰被他身上的热气一焐，也活转过来了。

保俶过了冰河，又走进一个村庄。村里的人把保俶围住，大家听说他是去寻太阳的，都很高兴，又听说他在路上经受了那么多磨难，打从心眼里尊敬他。有一个白胡子老爷爷说："孩子呀，自从没有了太阳，我们的日子一天比一天难啊。实在没有什么东西可以送给你了，我们每人送你一把泥土吧！这是我们世世代代用汗水浇过的泥土呀，你带上它会有用处的。"老人拿来一只布袋，全村庄每个人都抓起一把土放进口袋里，装了满满一袋，送给保俶。

保俶背起这袋泥土，继续朝着东方那颗亮晶晶的星星走去。走呀走呀，他翻过九十九座大山，游过九十九条大河，最后来到一个三岔路口。保俶不知道该走哪一条才好，正在犯愁，路边走来一个老婆婆，问保俶道："孩子，你要往哪儿去呀？"保俶说："我寻太阳去！"老婆婆说："寻太阳的路还远得很哩，我劝你还是趁早回家去吧！"保俶说："不管路有多远，不管路上有多么艰难，我一定要把太阳寻回来，寻不到太阳决不回家！"老婆婆听了他的话，就朝右边的路一指，说道："你顺着这条路走，就能寻到太阳啦。前面不远有一个村庄，你进去歇歇再走吧。"

保俶和老婆婆说话的时候，金凤凰拼命地朝老婆婆扑去，用翅膀打她的头，用爪子抓她的脸，还用嘴啄她的眼睛。保俶连忙把金凤凰赶开，谢过老婆婆，往右边的路上走去。

保俶上了路，金凤凰飞到他面前拦住他，不让他走。保俶把它赶开，还是大步向前走去。这条路越走越平坦，没有风沙，没有荆棘，没有陡壁，也没有悬崖。保俶觉得有些奇怪。不多一会儿，他走进一个村庄。这村庄里的房子都很高大，男人们个个肥头大耳，女人们个个窈窕俊俏。村里人听说他是寻太阳去的，都很惊异，围住他又跳又笑，一起向他竖起大拇指，夸他是英雄，称他是好汉。东家提酒，西家端菜，男的拉，女的扯，都来请保俶吃喝。保俶见到这情形，心里疑惑起来："我一路行来，经过的村庄都是破破烂烂的，见到的乡亲都是受冻挨饿的，为什么这里的人却过得这么好呢？"他正端着酒碗出神，冷不防金凤凰飞到头顶上，啪啦一声，把一只草鞋扔进他的酒碗里。草鞋掉进酒碗，马上就呼呼地着起火来。保俶仔细一看，这草鞋和他脚上穿的一样，也是头发掺着麻丝打的，立刻猜出是他阿爸寻太阳时穿的草鞋。保俶这下全明白啦，他把酒碗往地上使劲一摔，大吼了一声。突然，村庄不见了，村里的人也不见了，只见许许多多眨着绿眼睛的妖魔四散逃窜。

保俶惊走了妖魔，回身来到三岔路口，朝左边那条路走去。

妖魔没能害死保俶，就变出许多座险峻的大山挡在路上。保俶毫不畏惧，一座一座都翻过去了。妖魔又变出无数条宽广的大河，保俶也都游过去了。妖魔想把保俶冻死在冰河里，没有成功；妖魔把保俶骗到迷魂村里去害死，也没有成功。它们害怕极了，就刮一阵怪风，一窝蜂地腾云驾雾拥到宝石山下纠缠慧娘，骗她说保俶已摔死在崖下了，又说保俶淹死在大河里了。它们用尽各种方法，想使慧娘伤心掉泪，使保俶失掉继续寻找太阳的力气。可是慧娘听也不听，她紧紧咬住牙关，不让自己掉下一滴眼泪来。

自从保俶走了以后，慧娘无时无刻不在盼望儿子寻到太阳，早些回来。她每天都和乡亲们到山顶上向东望，每次都要搬一块大石头垫脚，好让自己站得更高一点，看得更远一点。盼呀盼，不知过了多少年、多少月，慧娘脚下的大石头已经叠成一座高高的石台，但是天空还是墨黑墨黑的。

保俶一直往前走。他到底翻过多少座高山，记不清了；他到底渡过几条大河，数不清了。这一天，他翻越过一座半天高的大山，听见远处有哗啦哗啦的声音，原来已经来到了东洋大海。保俶走近海边，只见一片汪洋，无边无际，谁知道太阳在哪里，怎么渡过去呢？保俶站在海边想呀想呀，忽地记起路上乡亲们送给他的那袋泥土来。他解开布袋，把泥土往海上撒去。一阵狂风吹过，海上立刻出现了许多大大小小的岛屿。保俶高兴极了，一跃跳进海里，游过一岛又一岛，往大海中间游去。他游得很远很远，最后在海底寻到一个大岩洞，原来太阳被魔王藏在这个大岩洞里。

保俶游到岩洞口，见魔王率领着小妖魔，已在那里摆开阵势等着他了。保俶就和魔王大战起来，一会儿从海底杀出海面，一会儿又从海面杀到海底，杀得海水翻腾，波涛汹涌。魔王渐渐支持不住了，一不小心被金凤凰啄瞎了一只眼睛，痛得它捂住脸嗷嗷直叫，金凤凰乘机又啄瞎了它的另一只眼睛。魔王没了眼睛，乱撞乱碰，一头撞在岩石上，死了。小妖魔一下子逃得干干净净。

保俶连忙用力推开岩洞口的大石头，找到了太阳。他用尽最后的力气，托着太阳往海面上游。游呀游呀，好不容易使太阳在海面上露出半个头。谁知保俶太累了，力气用尽了，说什么也不能把太阳托出海面。这时，金凤凰飞过来，用背脊驮着太阳，展开翅膀用力往上飞，把整个太阳托出了海面。太阳一离开海面，立刻升上了天空。

这天，慧娘和乡亲们正在宝石山顶的石台上瞭望，那些逃出来的妖魔还在纠缠她。突然间，东方的天边射出万道金光，出现一片彩霞，太阳升起来了！接着，头顶上传来一声凤凰的叫声，金凤凰飞回来了。金凤凰在山顶上盘旋，翩翩起舞。

“啊，太阳寻回来了！”慧娘和乡亲们高兴得一起欢呼起来，欢呼的声音震得地动山摇。围在慧娘四周的妖魔给太阳光一照，都吓得东逃西窜，变成了一块块石头，撒满山头。

从此，太阳每天从东方升起，到西方落下，直到如今。每天太阳升起以前，东方总有一颗亮晶晶的星星在闪闪发光，那就是刘春变的，人们叫它“启明星”。每天太阳升起时，总是先见金光四射，彩霞万道，那是因为金凤凰张开翅膀托着太阳的缘故啊。可是，勇敢的保俶却再也不见回来。

人们为了纪念保俶寻太阳的功绩，就在宝石山顶上造了一座玲珑的宝塔，又在金凤凰飞舞的地方造了一座六角小亭，那就是现在的保俶塔和来凤亭。慧娘和乡亲们盼望太阳时垒起的那座石台，因为站在上面能够最早看见初升的太阳，所以就叫作“初阳台”。

（周樟林　申屠奇　搜集整理）

黄龙洞

黄龙洞位于栖霞岭后山麓，古意盎然。此地松竹吐翠，曲径幽深，假山泉池，步移景换。山崖之上饰一龙头，泉水由龙嘴泻入池中，池中立石，上刻“有龙则灵”，洞边岩石上则刻“水不在深”，相映成趣。

传说紫云洞里住着一条老黄龙和一条小黄龙。小黄龙没爹没娘，从小就给老黄龙做奴仆。作恶多端的老黄龙怕小黄龙逃走，从来不肯让他走出洞口一步，就是睡觉的时候，也用一只爪子抓住小黄龙的脖子。有一回，老黄龙睡着了，睡得很熟很熟，小黄龙轻轻地从老黄龙的爪子下滑出来，走出洞外。他快活极了，便在地上打了个滚，变成一个小后生。

小黄龙走下山坡，看见有个放牛娃坐在地上哭，就问："小弟弟，你为啥哭呀？"放牛娃用手背揩揩眼泪说："我丢失了一头牛，财主二爷逼我赔，三天里赔不出，就要打死我！"小黄龙听了，眨眨眼睛想了想，说道："小弟弟，不要哭了，我替你赔牛吧！"放牛娃摸摸头皮，舒口气，跟着小黄龙走了。

小黄龙领着放牛娃，走进林子，看见有个老头儿坐在树下哭，就问："老伯伯，你为啥哭呀？"老头儿干咳了两声，说："我少了财主二爷两担租，他逼我缴租，三天里缴不出，他要抓我去坐牢！"小黄龙听了，眨眨眼睛想了想，说道："老伯伯勿用愁，我替你缴租吧！"老头儿敲敲背脊，舒口气，也跟着小黄龙走了。

小黄龙领着放牛娃、老头儿走过石板路，看见有个老婆婆坐在屋前哭，就问："老大妈，你为啥哭呀？"老婆婆说："我欠下财主二爷三笔账，他逼我还债，三天里还不清债，他要拆我的房子！"小黄龙听了，眨眨眼睛想了想，说道："老大妈别伤心，我替你还债吧！"老婆婆掸掸衣裳，舒口气，也跟着小黄龙走了。

走呀，走呀，他们走到财主二爷家门口。老婆婆见小黄龙两手空空的，就问："财主二爷要钱的呀，你没带钱来，拿什么替我还账呢？"老头儿见小黄龙两手空空的，就问："财主二爷要谷的呀，你没挑谷来，拿什么替我缴租呢？"放牛娃见小黄龙两手空空的，就问："财主二爷要牛的呀，你没牵牛来，拿什么替我赔牛呢？"

小黄龙说："老伯伯、老大妈、小弟弟，我先问你们，财主二爷顶喜欢的是什么？"老头儿、老婆婆、放牛娃一起回答："财主二爷顶喜欢金子，顶喜欢元宝！"

小黄龙一拍大腿，说道："对了，对了，我有金子，就拿金子缴租，就拿金子还账，就拿金子赔牛！"说着，他暗暗地把手伸进自己的衣裳里，一揭，揭下一片金鳞片，再一揭，又揭下一片金鳞片……小黄龙咬紧牙关忍住痛，把一身金鳞片全揭下来，分给老头儿、老婆婆和放牛娃。

他们一起走进财主家，财主二爷见了，粗声粗气地说："喂，放牛娃，还我的牛来！喂，老头儿，还我的租来！喂，老太婆，还我的钱来！"老头儿把金鳞片给财主二爷抵了租，老婆婆把金鳞片给财主二爷顶了债，放牛娃把金鳞片给财主二爷赔了牛。财主二爷捧着一兜子金鳞片，皱起眉头直嘀咕："金片好啊，金片亮啊，可惜零零碎碎不像样子！"

小黄龙插嘴说："财主二爷呀，你在厅堂上生起个火苗苗，把金片熔了，铸成一个大元宝，不好吗？"

财主二爷一听，对呀，笑得满脸起皱纹，眼睛眯成一丝缝，嘴巴咧到耳朵旁。

小黄龙他们走出财主二爷大门，小黄龙眨眨眼睛想了想，朝老头儿说："老伯伯，我认你做亲爹吧！"老头儿捋捋胡须，笑呵呵地答应了。小黄龙又向老婆婆说："老大妈，我认你做亲娘吧！"老婆婆瘪瘪嘴，也乐呵呵地答应了。小黄龙回过身来，摸摸放牛娃的头，亲热地说："小弟弟，你认我做哥哥吧！"放牛娃高兴得一下子蹦起来，紧紧搂住小黄龙的脖子不放。

从此，老头儿、老婆婆、放牛娃和小黄龙合为一家。小黄龙跟老头儿学种庄稼，只锄旱地，不耕水田；小黄龙帮老婆婆做活，只肯劈柴，不愿挑水；小黄龙和放牛娃去放牛，只走桥上，不下溪滩。三人都觉得很奇怪。

再说财主二爷得了那些金鳞片，整整发了三天呆，到第四天，他叫家人烧旺一只大火炉，摆在客厅上，想把金鳞片熔化了，铸成一只大元宝。哪知金鳞片一倒进炉火里，只听呼的一声，火苗蹿起三丈三尺高，马上烧着了正梁大柱，一眨眼工夫就把财主二爷家的房屋烧成一片平地！原来小黄龙是一条火龙，他身上的鳞片就是火龙鳞，火龙鳞碰着了火，烧起来是没法子救的。

财主二爷家着了火，烧得烟雾弥漫，浓烟一团一团直往天上飘，飘过三座山，飘进紫云洞。烟味儿钻进老黄龙的鼻孔里，老黄龙觉得鼻孔里痒痒的，就打了个喷嚏。它打个喷嚏不要紧，只见火焰一下子从紫云洞里冲出来，把方圆三里内的树木、庄稼烧得精精光。

老黄龙一打喷嚏就醒转来了，它吸吸鼻子，闻闻味儿，觉得有点不对头，忙喊小黄龙，没反应。老黄龙气得要命，急忙钻出洞来寻找。

老黄龙飞腾在空中，东张张，西望望，飞过一座山头，又飞过一座山头，一直飞到财主二爷家的上空。它仔细看看，说道："哎呀，哎呀，这是财主二爷家的房子呀！财主二爷每年逢时逢节都拿三牲福礼供我吃喝，怎么今天家里烧起来了呢？"它又仔细嗅嗅，嚷道，"一定是小黄龙干的好事！我要寻着他，把他咬死！"

老黄龙在天上飞来飞去，寻不到小黄龙。它恨杀啦，呼哧呼哧地不住喘气，鼻孔、嘴巴里呼呼地喷出火焰，把杭州城里城外方圆几十里的地方烧成一片火海。

小黄龙知道这是老黄龙作的恶，他鼓起勇气，对村里的人说："乡亲们，火龙太凶恶啦，火龙太作孽啦，大家齐心合力去降伏它吧！龙怕水，大家到西湖里把水挑来，我领你们去寻火龙！"

三百六十村的人扛的扛，抬的抬，挑的挑，霎时把西湖里的水全汲干了。大家紧紧跟着小黄龙，往紫云洞拥去。

这时候，老黄龙飞得困乏了，正在洞里睡大觉。小黄龙带着大家来到紫云洞口，大家急忙往洞里倒水，水哗啦哗啦往洞里灌进去。老黄龙被泡在水里，过一会儿就死了。

这时，小黄龙也满身沾上了水珠儿。他只觉得头昏脑涨，身子发软，站也站不住了。老头儿、老婆婆、放牛娃急忙赶去搀扶他，只见他头上露角，手脚变爪，现出了原形，骨碌碌滚下山坡，死了。老头儿他们这才明白：这小后生原来是小火龙变的。

除掉了老黄龙，全城的火熄了。但是小黄龙为了大家而丢了性命，真叫人难过！三百六十村的人集拢来，把小黄龙埋在山坡下。人们一面铲泥土，一面掉眼泪，筑起一座高高的坟堆。成千上万人的泪珠儿，透过厚厚的泥土，渗进小黄龙的心窝里，他心窝里装不下了，就从嘴巴往外面溢出来。渐渐地，坟堆裂开一个小口，从小口里挂下一条瀑布，哗哗哗流着清水，终年不断。

后来，人们为了纪念小黄龙，就在那小瀑布上塑了一个龙头。埋着小黄龙的那个洞，就叫“黄龙洞”。

（徐飞　搜集整理）

六和塔

六和塔位于钱塘江畔月轮山下。北宋开宝三年（970），吴越国国王为镇压钱江潮水，派智元禅师建造六和塔，取佛教“六和敬”之意。现存塔身重建于南宋，风格独特，登高远眺，钱塘江大桥和宽阔的江面一览无余。

早年间，住在钱塘江里的龙王性情暴躁，潮水涨落没有一定的时刻，沿岸的田地常常被淹没，害得人们成天提心吊胆地过日子。

那时，江边住着一户穷苦的渔民，夫妻俩带着儿子六和过日子。六和五岁那年，父亲在江上打鱼翻了船，淹死了。从此，六和家的日子更苦了。

有一天，娘儿俩正在江滩上捞鱼，不料潮水来得特别快、特别凶。六和看看势头不妙，牵住娘的手飞跑。可是已经来不及了，一个浪头涌过来，把他娘卷进漩涡里去了。

六和没了娘，望着江水，又伤心又气愤。他跑上江边的小山，一面哭，一面使劲把山上大大小小的石头扔进江里，发誓要把钱塘江填平，不让潮水横冲直撞，到处害人。

石头落到钱塘江里，砸坏了水晶宫的屋顶和门窗。六和扔了七七四十九天石头，在水晶宫前的台阶上堆成了一座小山，把龙王吓坏了。这天正好是八月十八，龙王带着虾兵蟹将来到六和面前，说道："小孩，小孩，不要丢石头，你要金要银要珠宝，我都给你！"

六和听了，恨恨地说："龙王，龙王，你听着，我不要你的金银，不要你的珠宝，你依我两件事就好。如若不依，我就用石头压坍你的水晶宫，填平钱塘江！"

龙王听了，慌忙问道："哪两件事？你说，你说！"

六和说："第一件，你把我娘送回来；第二件，从今以后不准乱涨潮，潮水只许规规矩矩涨到这座小山边为止。”

龙王怕六和真把钱塘江填平了，压坍他的水晶宫，只好答应下来。

第二天，龙王果真把六和娘送了回来。

从那个时候起，钱塘江的潮水小了很多，涨到小山边便稳定下来。只有每年八月十八，潮水特别大，那是因为龙王怕他的部下再闯祸，亲自出来巡江的缘故。

人们不忘六和制伏龙王的功劳，就在小山上造起一座宝塔，这就是六和塔。

（黄绍良　光路　搜集整理）

九溪十八涧

九溪十八涧位于西湖西面群山之中的鸡冠垄下，流泉淙淙，烟水朦胧。清代学者俞樾诗联云：“重重叠叠山，曲曲环环路；叮叮咚咚泉，高高下下树。”写尽了九溪的旖旎风光。

从前，杨梅岭上有一户人家，夫妻俩年纪六十出头了，只有一个儿子，才十二岁。儿子从小就很乖巧，七八岁时就能帮爹娘做生活了。爹娘喜欢他，给他起个名字叫喜儿，把他送到村中的私塾里去念书。

有一天，喜儿放学回家，一脚跨进门，就听见妈妈叫道："喜儿呀，水缸空了，给我去拎桶水来。"

喜儿应了一声，拿起水桶来到溪边。他看见有两条泥鳅在溪里游来游去，抢一颗珠子，觉得很有趣，便把泥鳅赶开，将那颗珠子捞了起来。

喜儿拎着一桶水，捏着一颗珠子，高高兴兴地往家里走。别的伢儿见他拾到个好玩的东西，都抢着要看，喜儿忙把珠子含在嘴里，不料咕嘟一下吞进肚皮里去了。

喜儿回到家里，妈妈还没有烧好午饭。他就解开书包，拿出笔墨纸砚，伏在桌子上描红字。

过了一会儿，妈妈从灶间端出饭菜，吓了一跳。她看见儿子面孔涨得发紫，眼睛像铜铃般凸了出来，头上生出两只角，嘴巴咧到耳朵边上，喉咙里呼隆呼隆像打雷一般响，身子也越变越长了。原来喜儿吞进肚皮里去的是一颗龙珠，他变成龙了。

龙要有水才能腾飞呀！喜儿把头伏到砚瓦里，舔去一洼墨水，马上变成一条浑身墨黑墨黑的乌龙，哗啦啦一声响，冲出房屋，腾空飞起来。乌龙越飞越高，越飞越远，身子也越变越粗，越变越长。龙头钻进乌云里，垂挂下来的尾巴还搭在杨梅岭上。

霎时乌云遮住了太阳，狂风呼啸，雷声隆隆，暴雨哗哗地下，乌龙一直朝东方飞去。

爹娘见儿子飞走了，冒着狂风大雨奔出屋来，一面追赶，一面大声喊道："喜儿呀，回来哟！喜儿呀，回来哟！"

乌龙听见爹娘喊他，就一叫一停一回头。爹喊了九声，娘叫了九声，乌龙总共停了十八停，回了十八次头，随后，沿着钱塘江游到大海里去了。

乌龙尾巴九个瓣，在杨梅岭上拖过时，拖出了九道溪；乌龙一路回了十八次头，回头的地方积起十八个水滩。这地方后来就叫"九溪十八滩"，也叫"九溪十八涧"。

（余小谷　搜集整理）

吴山

吴山位于西湖东南面，是杭州唯一的城中之山，由宝月、紫阳、七宝、云居等小山组成，山高均不超过百米。春秋时为吴国边境，故名“吴山”，杭州人多称之为“城隍山”。山巅江湖汇观亭前有楹联：“八百里湖山知是何年图画，十万家烟火尽归此处楼台。”

城隍山

明朝永乐年间，杭州城里出了个恶棍，这人是锦衣卫指挥使纪纲的儿子。他仗着父亲是皇帝身边的红人，时常带着一班恶奴，从南到北穿城十里，欺压百姓，调戏妇女，无恶不作，犹如一只吃人的老虎，杭州百姓给他取了个绰号叫“通城虎”。

那时候，吴山脚下通江桥边有个老头叫顾宏福，老伴方氏，只生得一个女儿，名叫玉莲，这年刚好十八岁。一家三口，靠卖馄饨为生。

这天，顾老头和老伴在鼓楼边卖馄饨，忽然街上大乱，“通城虎”骑着高头大马横冲直撞地过来了。慌乱中，有人撞倒了馄饨摊，锅子里的滚水泼到了马屁股上，惊得那马一声嘶叫，前蹄腾空而起，把“通城虎”掀下了马背，跌了个四脚朝天。“通城虎”的一班恶奴蜂拥而上，扭住顾老头就打。方氏吓得连忙跪在“通城虎”面前苦苦哀求，被“通城虎”飞起一脚，踢得口吐鲜血，一命呜呼。

这时，早有人赶到顾家，把事情告诉了玉莲姑娘。玉莲一听，急忙赶到鼓楼边，挤进人群，扑在娘的身上哭得死去活来。“通城虎”见了如花似玉的玉莲姑娘，便上前动手动脚调戏。玉莲姑娘哪里肯依，拼命挣扎，把“通城虎”的手咬了一口，痛得“通城虎”像狼一样嗥叫。他从恶奴手里夺过一根齐眉棍，几下将玉莲姑娘活活打死，跨上马背，扬长而去。

顾老头呼天抢地，大叫冤枉。恰巧钱塘县知县路过此地，一问是“通城虎”干的好事，心想：“我这小小七品芝麻官，哪里管得了？”就叫顾老头去知府衙门告状。谁知知府刘锦堂是纪纲的得意门生，反把顾老头逐出衙门。

过了三年，杭州来了个监察御史，叫周新。顾老头听人说周御史刚正不阿，清如水明似镜，又动了告状的念头，便匆匆赶到御史衙门，击鼓喊冤，心想：倘若今天告状不成，只有撞死在公堂上了。

周御史听得有人告状，立即升堂，问明案情，差人拘来了“通城虎”。三拷六问，“通城虎”只得老老实实招供了。周御史想：这卷公文呈上京去，锦衣卫指挥使纪纲权重势大，如何严办得了？既然证据确凿，皇上又有“便宜行事”的圣旨，决定将他就地正法。周新便命人在十城门张贴告示，午时三刻将“通城虎”押上法场斩首，杭州百姓无不拍手称快。

纪纲得知儿子被斩，对周新恨之入骨。他笼络了一批奸党，在皇帝面前弹劾周新。皇帝心想，周新有这么多人反对，总有不到之处，便下了一道圣旨，召周新进京查问。纪纲得知，派心腹在半路暗下毒手，把周新害死了。

后来，朝中不少大臣为周御史伸张正义，在皇帝面前为他喊冤。皇帝觉得纪纲权力太大，是个后患，就以复查周新一案为名，严办了红极一时的纪纲，在金銮殿下旨为周御史平反昭雪。皇帝还说在梦中见到周新，做了杭州的城隍菩萨。

杭州的老百姓听到这个消息，就在吴山顶上为周新造了一座城隍庙，在山下造了一个城隍牌楼。从此，吴山又被叫作“城隍山”了。

（姚建经 搜集整理）

城隍山上看火烧

清咸丰年间，太平军将杭州城包围得水泄不通。城里老百姓高兴万分，都盼望太平军早日攻进杭州，为民除害，可是驻守在城里的清军官兵却胆战心惊。

一天早上，清军主将正召集幕僚部将议事，探子来报，说城外太平军在收集松香、硫黄、火药等物。未等说完，主将一下子从座椅上跳了起来，部属也都大惊失色，心想：莫非太平军要火攻？

原来，城中粮草尚足，只要不生变故，还可死守三月半载，但一旦太平军采用火攻，城里兵营连着兵营，房屋连着房屋，火一烧着，这还了得，不要说应战，怕连逃命都来不及了。正在惊慌之际，座中站起个“高才”，此人姓汪名飞，任大营幕僚，素以老奸巨猾、诡计多端著称。只见他走上前道：“想我城中固然怕火攻，但水来土掩，火来水浇，只要扑救及时，定能化险为夷，不必惧怕。”

主将一声冷笑，说道：“你讲得轻巧，这大火一起，人马晕头转向，如何还能救火？”

汪飞道：“大帅莫忧，卑职早有盘算。我城之中，数城隍山地势最高，登上山顶，满城皆在眼下。只要派人上山瞭望，看到哪里起火，就指挥人去哪里扑救，何愁贼兵逞凶！”

主将又道：“帐下兵丁守城尚且不足，哪能调往山上瞭望救火？”

汪飞道：“城中百姓有数十万之众，何不将他们驱赶上山，再派少数官兵看守督率，令其救火，他们敢不从命？”

主将听后大喜，连声叫好，当众称赞了汪飞几句，就令汪飞上山督率，并许诺事成之后重赏白银三千两。

当天下午，汪飞就带领一队官兵，连拖带拉地将老百姓陆续赶上了城隍山。老百姓扶老携幼，叫苦连天，巴望着太平军立刻将火箭射进城里，把清兵烧得一个不剩。

太平军好像也真晓得老百姓的心意。就在这天夜里，更鼓刚敲两点，忽听得城外一声炮响，一支支流星般的火箭铺天盖地般射进城来。说来也奇，每支火箭都像长了眼睛似的，一不烧民房，二不烧草舍，直往兵营里钻，旗下大营的营帐、车马、粮草等统统着了火，顿时成了一片火海！老百姓看到这情景，无不拍手称快。

这下子可急坏了汪飞，他气急败坏地跳来跳去，骂道：“不准看，不准看！快下山去救火，违抗者斩首！”可是还有谁去听他那一套，还是看太平军火烧清兵军营要紧。汪飞赶到东边，大家就跑到西边看，边看边叫：“烧得好！烧得好！”汪飞要杀又不敢杀，杀了老百姓谁去救火？要赶，老百姓只管看火烧，死也不肯下山。汪飞眼看着火越烧越旺，想起营盘里还有自己的金银财宝，再不回去抢救，定会烧光。他再也顾不得吓唬老百姓，带着那伙兵丁滚下山去救火了。

老百姓在城隍山上看了一夜的火烧，到了第二日天亮，听说太平军已经进了城，就欢天喜地地下山回家了。杭州城里也就传开了“城隍山上看火烧”这段故事。

（吴流生　搜集整理）

瑞石山

古时候，城隍山脚下住着一对老夫妻，操劳了一辈子，重活做不动了，日夜盼望着养个“老来子”。可是，盼呀盼，盼到牙齿都落光了，还是没有盼到一个儿子。

有一天早上，老头儿到城隍山去砍柴。刚刚走到半山腰，看到一群翘尾巴喜鹊，围着一块大石头喳喳喳地叫个不停。老头儿走过去看看，岩石上躺着一个白白胖胖的小毛头。老头儿高兴得不得了，一把抱起小毛头，三步并作两步跑回家。老太婆一看，小毛头的右手只有一个手指头，说：“一个就一个吧，只要有个儿子就好了。”

老夫妻有了儿子，竟变得耳聪目明，就像一下子年轻了二十岁。他们给小毛头取名叫瑞石。

瑞石长得特别快，一个时辰一个时辰地换样，过不了三天就身高丈二，长成一个小后生了。

瑞石起早摸黑地干活，帮爹种田，帮娘织布，一家人日子渐渐过得富裕起来，老夫妻乐得整天合不拢嘴巴。

有一次，瑞石和一些小后生、小姑娘一起上山砍柴。歇下来，瑞石无意中用那个独指头在大石头上这里戳戳、那里戳戳，真奇怪，独指头戳过的岩石竟变得像糯米团子一般软了。有一个姑娘好奇地挖下一块来，捏呀捏，捏成了一匹马。谁知刚刚捏好，那马就硬成石头样了。姑娘们见了，都争着要瑞石用独指去戳大岩石，戳软了，大家挖下来捏，有的捏一头甩着尾巴的牛，有的捏一只初出山林的虎，有的捏一只引吭高歌的鸡……十二个姑娘捏了十二样动物，神态各不相同，就这样塑出了城隍山上的“十二生肖石”。

瑞石有个神奇的独指头的事，不久被县太爷知道了。他听一个识宝客说过，城隍山有个石库，里面藏着数不清的奇珍异宝，世界上只有一把钥匙能够打开石库门，这把钥匙是一只神奇的手指头。县太爷为了寻找这只神奇的手指头，已经暗中察访了十多年，没想到就在眼前。他越想越开心，第二天就带着衙役到瑞石家里去抓人。

老夫妻万万想不到会遭此飞来横祸，急得大哭大叫起来：“我儿子犯了什么法呀，你们凭什么要把他抓走？”

县太爷冷笑道：“凭什么？哼，就凭你儿子只有一只手指头！生一只手指头的是妖怪，懂吗？”

县太爷一声吆喝，众衙役挽起袖子扑上来。可瑞石像一根石头柱子，谁也扳不倒，谁也推不动，麻绳上身麻绳崩，铁链上身铁链断。县太爷眼看众衙役敌不过瑞石，便下令将老夫妻捆起来，还扬言要烧房子。瑞石不愿父母吃亏，大声说：“不许欺负百姓，我跟你走一趟！”

瑞石跟着县太爷爬上城隍山，过了“十二生肖石”，走着走着，来到一堵岩壁前面，岩壁下方隐隐约约像一扇石门，石门旁边有个小洞儿。县太爷知道这小洞儿就是石门的锁孔，他把瑞石拉到石门跟前，要他用那个独指头去开石门。瑞石说："要开石门不难，只要你回答我一句话，答对了，我就开。"

县太爷说："你讲吧。"

瑞石说："刚才你说生一只指头的是妖怪，那么我问你，一个堂堂的县太爷，为什么要叫妖怪来开石门呢？"

县太爷忙说："哎呀，你听错了，我是说你这只手指头会开石门，还会抓妖怪啊！"

瑞石听了高声大笑起来，笑声震得整堵岩壁嗡嗡响。他说："太爷说的话不假呀！我这只手指头就有开石门和抓妖怪这两种本领，今天我都想试一试。"

说着，他就用独指插进那石门的小洞儿里，一扭，一退，指头刚刚退出，只听得砰的一声响，石门果然打开了。顷刻之间，一道灿烂的光芒从洞里直往外冲，光芒像一匹七彩绸，把附近的山峦都盖住了。这是宝贝放射的光啊，县太爷欢喜得心都差点儿跳出来了，恨不得一头钻进石洞里去。但他立刻想起刚才瑞石的话——两种本领都想试一试。"哟，这话不大对呀！瑞石会不会把我当妖怪抓呢……"便偷眼看看瑞石的脸色，又看看瑞石的那个独指头，看得一阵一阵心慌起来。这时，瑞石一把拉过县太爷，说："快进去吧！你费了这么多心机，这一库宝贝都归你啦！"说着，把县太爷轻轻往里一推。那县太爷哪里还站得牢脚，便咚咚咚一直冲进石洞里去了。瑞石又用他那个独指头插进小洞儿里，一扭，一退，石门"咔啦啦——砰"的一声关上了，贪婪阴险的县太爷就再也出不来了。

留在洞外的衙役一见县太爷被关进石洞里面，都挥棒舞刀向瑞石杀来。瑞石不慌也不忙，用他那个独指头往天地之间轻轻点了点，霎时狂风大作，天昏地暗，一块巨石从天而降，把那些衙役砸得粉碎。这石头，就叫“飞来石”。

这时候，有一群喜鹊从天边飞来，围着瑞石蹦呀跳呀转圈儿。一会儿，他便消失在喜鹊群中。

从此，没有人再见到过瑞石。人们为了纪念他，就把这一带称作“瑞石山”。

（徐培培　搜集整理）

十二生肖石

一天，玉皇大帝从瑶池王母娘娘那里祝寿回来，驾云路过瑞石山，遥见山里有一股瑞气时隐时现。近前一看，原来是守护插笔筒的十二金童带着插笔筒私自逃下凡间，在瑞石洞里安身。

玉帝回到天庭，大发雷霆，立即命太白金星下凡追回插笔筒，十二金童违犯天条，罚在人间受苦，不得重返天庭。

太白金星领了玉帝之命，来到瑞石山，觉得收回笔筒的事好办，那十二金童是天真活泼的伢儿，小小年纪罚在凡间受苦，心里不忍。他站在瑞石洞口发呆，忽听几个过路人说，瑞石山下有一爿饭店，老板夫妇都是大善人，对穷人寒施衣、饥施饭，可惜到现在还没有儿子。太白金星听了，灵机一动："对了！那夫妻俩如果真是善人，我就把插笔筒暂时寄放在他们那里，这十二个小东西也给他们做儿子。过一段时间，等玉帝气消了，再求他收回成命，也好叫十二金童重返天庭。"

主意已定，太白金星便化装成一个道士，走到饭店门口去乞讨。老板见他面黄肌瘦，一副罪过相，就在角落头弄一个位子，盛了一碗饭、一碗菜让他吃。不料这道士吃了一碗又一碗，一大锅子饭让他一个人吃光了，还说没有吃饱。老板叫老板娘又烧了一锅饭，道士又吃得一干二净。老板娘只好再烧，结果把米缸都掏空了。

道士吃饱了，抹抹嘴巴，从身边拿出一个调羹，对老板说："山上瑞石洞的石缝里有一只花瓷插笔筒，上面刻有十二只动物。你们用这个调羹，天天到瑞石泉里舀一调羹清泉，滴到十二只动物口中，七七四十九天以后，那十二只动物便会变成十二个童子。到那时，你们不但有儿子，还会发财。”道士说完，走了。

老板心里将信将疑，第二天清早，一个人悄悄走到瑞石洞里，果然在石缝里找到一只插笔筒。老板心里大喜，兴冲冲地跑回店里，和老板娘一讲，两人连忙带了调羹到瑞石泉舀了泉水，滴在十二只动物口中。从此以后，天天由老板娘一个人去舀水滴水，老板留在店里做生意。

转眼过了四十七天。这天早上，老板娘滴水时，一不小心，放在围腰袋里的几个铜钿落进了插笔筒里，霎时插笔筒里涌出了满满一筒铜钿。原来这插笔筒是个聚宝盆！老板娘又惊又喜，也顾不得给小动物滴水了，抱起插笔筒跑回店里，对老板一五一十地讲了一通。老板把她拖进房里，关上房门，从插笔筒里倒出铜钿，再放进一些碎银子，霎时满筒都是银子。夫妻俩开心得哈哈大笑。

说来也凑巧，笑声被隔壁的王小毛听见了，他从板壁缝里看了个一清二楚。这天晚上，老板夫妇刚刚睡下，王小毛就撬开房门，捧起花瓷插笔筒和那个调羹，拔腿就逃。老板夫妇一见宝贝被人偷走，起身就追。王小毛心急慌忙逃上城隍山，天黑路滑，脚下一绊，一跤跌倒，花瓷插笔筒摔成了十二块，立刻变成十二生肖石。王小毛被压在石头底下，死了，那只调羹也摔得老远，变成了调羹石。

（胡品菊　搜集整理）

玉皇山

玉皇山位于西湖之南，五代吴越国国王迎明州（今宁波）阿育王寺佛舍利于此供奉，始有“育王山”之称。明代在玉皇山顶建福星观，尊祀玉皇大帝，随之更名为“玉皇山”。山上遗存有白玉蟾井等古迹，山腰有紫来洞，另有慈云岭造像等胜景。

玉皇山半山腰的那个紫来洞，原先叫“飞龙洞”，因为那辰光洞里面住着一条飞龙。这条飞龙每隔十天总要飞出洞来，在空中飞腾翻舞，吐出火珠，一吹一吸，火珠一会儿远一会儿近，散落的火星落到哪里，哪里就火烧。因此，飞龙出来一次，杭州城里就有许多人家遭殃。

大家都恨透了这条可恶的飞龙，但又没法子治它，只好计算着它飞出来的时辰，男女老少都爬上房顶浇水，整夜整夜地守着，一面敲锣打鼓恐吓飞龙，想叫它飞得远一点。即使这样，杭州城里还是常常闹火灾。

这一天，城里来了个老铁匠，手里提着铁锤，到一家小客店投宿。可巧这天正是飞龙出洞的夜晚，店主全家都爬上屋顶去了，没人招呼他。老铁匠明白是怎么回事后，就不声不响地提着铁锤走了。

这天飞龙出来的时候，火星纷纷散落下来。等到老铁匠转悠一圈回到小客店时，那小客店也烧掉了，店主一家正在号啕大哭。老铁匠见了很难过，就把身边带着的一些碎银给了店主，说：“只要杭州城里每户人家给我一把菜刀，我就能降伏飞龙。”店主望望老铁匠，看他不像是个说大话的人，相信他有办法。

消息传开后，人们又惊又喜，没几天工夫，送来的菜刀就堆得像一座小山。老铁匠请来全城的铁匠，砌了一个铁炉，把菜刀都放到炉里熔化了，三天工夫就铸成了七只大铁缸。

许多人都聚拢来看这七只大铁缸，感到很奇怪。老铁匠请大家抬抬看，有些青年人卷起袖子上来试了试，嘿，一只铁缸足足要十九个人才能抬起来！

老铁匠独自跑上玉皇山，到飞龙洞口一看，飞龙正在睡觉。他飞快地跑了回来，大声叫道：“大家快跟我去降伏飞龙！先来一百三十三个年轻力壮的人抬铁缸，跟我上山，后面的人都提满一桶水跟着，听我招呼。大家不要怕，我有铁锤，飞龙如果动一动，我会跟它拼命的！”

大家跟着老铁匠爬上玉皇山，到了飞龙洞口，只见那飞龙还在呼呼大睡。老铁匠叫大家用铁缸把飞龙的两根龙须、四只脚、一条尾巴悄悄压住，他自己举着铁锤对准飞龙的脑门，只要飞龙惊醒，便一锤砸下去。他又招呼后面的人把桶里的水倒进铁缸里。到第七只铁缸的水快要倒满的时候，有个人绊倒了，水桶里的水泼出来，泼进了飞龙鼻孔里，惹得飞龙打了一个喷嚏，把老铁匠喷得什么也看不见了。飞龙觉得龙须被什么东西拉着，仰不起头，一挣，才知道被压住了。于是，它一声大吼，就地一滚，一头栽进飞龙洞里，从地底下钻到安徽境内才钻出来，抖抖身子，飞上天空逃走了。从那个时候起，人们就再也没见飞龙回来过。传说杭州的飞龙洞是直通安徽的。

飞龙逃走了，那七只镇压飞龙的大铁缸还摆在飞龙洞口，排列得像天上的北斗七星一样，人们就称之为“七星缸”。据说，如果当时七只缸都装满水，那条飞龙就会被永远钉在玉皇山上，动弹不了。直到如今，杭州人还有句老话：“七星钉飞龙，只差水一桶。”

（陈玮君　搜集整理）

八卦田

八卦田位于西湖之南，玉皇山下。南宋绍兴十三年（1143）正月，宋高宗赵构在这里开辟籍田，每年春耕开犁时，亲率文武百官到此行祭礼，以示对农耕活动的重视。明代时，八卦田成为杭城著名景点，明以后一直作为良田由附近居民耕作。现辟有八卦田遗址公园。

从玉皇山半山腰的紫来洞处往下望去，可以看见山下有一块八卦田。八卦田齐齐整整八只角，把田分成八丘，在八丘田中间有一个圆圆的土墩，是一幅半阴半阳的太极图。

传说这八卦田是南宋年间开辟的籍田。那年，宋高宗赵构带着一大群皇亲国戚、文武百官辗转逃到了杭州。他看看西湖这块地方风景好，便定居下来，在凤凰山脚下建造起宫殿和花园，吃喝玩乐，过着奢靡的生活。

杭州的老百姓见皇帝这样昏庸无道，大为不满，街头巷尾议论纷纷。风声一传两传，传到皇帝的耳朵里。皇帝怕老百姓造反，心里有点慌，便召集文武百官来商量。

文武百官商量来商量去，一时想不出个办法。后来，有个文官想出一个主意来，他说："皇上呀，百姓的风言风语，无非是怨宫廷里生活过得太舒服。只要皇上开辟一块籍田，说是带头耕种，老百姓就会心服口服了。"

皇帝听听有道理，立刻发下一道圣旨说："寡人深知民间疾苦，甚为不安。今开辟籍田躬耕，与庶民共尝甘苦……"

没几天工夫，玉皇山下果然开出一块籍田来。籍田四周，齐齐整整地打下八个大桩，竖起八根粗柱子，柱子与柱子之间围上一道厚厚的帷幕，说是皇帝在里面耕田种地，平民百姓不许观看。

过了一些日子，籍田开好了，里面共有八丘田，种着稻、麦、黍、稷、豆等八种庄稼，在八丘田中间，留着一个圆圆的土墩。老百姓知道皇帝也和他们同样耕田种地，议论就慢慢少了下去。

到了庄稼该要锄草浇肥的季节，皇帝又要出宫来“躬耕籍田”了。照例先出告示，然后在那八根粗柱子上张起了牛皮帷幕，方圆十里路上都有御林军把守，不准老百姓走近一步。

有个种庄稼的老汉不相信皇帝会亲自耕田种地。这天，他半夜三更起来，趁着天黑，悄悄爬上玉皇山，躲在半山腰上的紫来洞里。

天亮了，太阳升起来了。那老汉朝山下望望，老百姓都下田干活了，可是牛皮帷幕中还是空空的，没有一个人。一直等到太阳升到三竹竿高了，才见有一群人从皇宫出来，到了玉皇山旁，走进牛皮帷幕里去了。不久，有人锄草了。老汉睁大眼睛仔细一看，咳！原来只是几个太监在那儿锄草，皇帝和妃子们却坐在土墩上饮酒取乐哩！

老汉心里憋着一肚皮闷气，好不容易挨到天黑才悄悄摸下山来。第二天，他就把自己亲眼看到的情形讲给人们听，一传十，十传百，一下子全城老百姓都知道了。

皇帝见自己的把戏已经被人戳穿，后来索性也不再去“躬耕籍田”了，但这一块齐齐整整的八卦田却保留了下来。

（莫高　搜集整理）

钱江潮

“八月十八潮，壮观天下无。”这是北宋大诗人苏东坡咏叹钱塘秋潮的名句。千百年来，钱塘江以其奇特卓绝的江潮，不知倾倒了多少游人。每年的农历八月十八前后，是观潮的最佳时节。秋阳高照，金风送爽，钱塘江口的海塘上游人云集，争睹奇景。人潮江潮，蔚为大观。

钱塘江的潮水很大，两岸的江堤，总是这边才修好那边又被冲坍了。那时杭州是吴越国国王钱镠的天下，钱王催着要赶紧把江堤修起来。手下人很着急，大家一商量，便向钱王报告：“大王，江堤不好修。钱塘江里面有个潮神在跟我们作对，堤修得差不多的时候他就兴风作浪，把江堤冲坍了。”

钱王听了，两眼直冒火星，大吼道：“呸！难道就让这个小小的潮神胡作非为吗？”

手下人没一个敢吭声。

钱王朝他们望望，知道他们没办法，想了一想，说道：“好，我自己去降伏他！到八月十八这一天，给我聚集一万名弓箭手到江边，我倒要去见见这个潮神！”原来八月十八是潮神生日，这一天潮头最高，潮神会骑着白马跑在潮头上面。

八月十八到了，钱塘江边搭起了一座大王台。钱王一早就在台上等潮神来，可是一万名弓箭手一下子到不齐。

原来，弓箭手跑到江边，要经过宝石山。这个地方路狭，只能容一人走过，因此来得慢了。钱王怕耽误大事，立刻跳上千里驹，来到宝石山。他跑到山巅向四面一望，只见山南边有一条裂缝，就用两只脚在裂缝上用力一蹬，一下子蹬开了一条大路。那些弓箭手通过这条大路，很快到江边聚齐了。从此，这里就叫作“蹬开岭”，钱王的大脚印子今天还留在石壁上面。

钱王骑马回到江边大王台上，一万名精兵排好了阵势，个个拿着弓箭，望着江水。沿岸的百姓听说要射潮神，都争着来观战助阵。

一会儿，潮水来了，潮神直向大王台冲来。钱王见了，大吼一声："放箭！"话音未落，他抢先一箭射了出去，万名精兵万箭直射潮头，嗖嗖嗖，一下子射出了三万支箭，逼得潮神不敢冲过来，只好弯弯曲曲地朝西南逃走了。

钱王用箭射走了潮神。从此，潮水一到六和塔旁边就平服了，江水弯弯曲曲像个"之"字，于是钱塘江又叫"之江"。百姓为纪念钱王射潮的功绩，就把这条江堤叫作"钱王堤"。

（陈玮君　搜集整理）

茅家埠

茅家埠位于西里湖末端，杨公堤中段，是旧时上香古道的起点。当年香客赴天竺礼佛，先在湖滨雇一条小船，一直摇到茅家埠，在茅家埠吃了素斋，再沿着上香古道前往天竺。沿途寺庵、商铺林立，游客络绎不绝。

从洪春桥边双峰插云碑亭向左弯，沿着龙井路，经过黄泥岭，就是茅家埠。说来也怪，附近翁家山、丁家山都有姓翁、姓丁的人家，唯独茅家埠这个村庄却没有一家姓茅的人家。这里流传着一个传说。

早先，这里叫茆家埠。那时节，灵隐、天竺庙里香火很旺，各地香客都要到庙里进香拜佛。他们从西湖坐船，穿过跨虹桥或望山桥，往西里湖穿过卧龙桥，到茆家埠上岸，再步行至普福岭，到天竺、灵隐烧香。因此，茆家埠是香客进香的必经之地，有茶馆酒楼、南北果品商店十多家，活像一个小商埠。

明朝时，北方游牧民族军队入侵中原，总兵茅文龙奉旨出征，与北方游牧民族军队交战，得胜回朝。但是朝中奸臣弄权，谎报昏君，说茅文龙有谋反之嫌。这样一来，皇帝大怒，把茅文龙关押起来，后押到茆家埠，将他杀害了。有个姓李的幕僚见到，茅总兵在行刑后两眼不闭，头颅落地无血。百姓爱惜忠良之臣，将他埋葬在茆家埠五老峰下，墓前立有石人石马。为了纪念这位忠臣良将，百姓将茆家埠改成了“茅家埠”。

（杨光　搜集整理）

白蛇传

西湖断桥下的白蛇吞吃了桥上落下来的仙丹，化身为人，恋上了蹲在断桥边大树上看戏的许仙。借伞、还伞，成就了一段姻缘。清明时节花事正盛，二人在湖上荡舟，南山北山耍子儿，玩得正欢，谁知被前世里结了仇的法海和尚缠上，可怜白娘子被金钵罩住，活生生镇压在那夕照山雷峰塔下……

千年修炼

这一天，正是三月三，上八洞神仙吕洞宾变成个老头儿，挑一副担子，到西湖断桥边来卖汤团。他边走边叫：“大汤团一个铜钿三只，小汤团三个铜钿一只！”有人说：“老头儿，你喊错了，大汤团和小汤团的价钿调一调！”吕洞宾听也不听，还是照样喊。

这时，有个人抱个小伢儿挤进人堆里来，小伢儿吵着要吃汤团，大汤团卖光了，那人只好摸出三个铜钿，向吕洞宾买一只小汤团。吕洞宾接过钱，舀一只小汤团到碗里。那小汤团绕着碗沿，滴溜溜地转起来，小伢儿正想吃，小汤团就一下子钻进他的小嘴巴去了。

这小伢儿自从吃了汤团以后，三日三夜不要吃东西。阿爸急得要命，抱着小伢儿来寻吕洞宾。听那人如此这般一讲，吕洞宾哈哈一笑，说：“我的小汤团不是寻常之物，看来，你儿子是没有福气消受！”说着就把小伢儿抱上断桥，冷不防抓住他的双脚倒拎起来，大喝一声：“出来！”那三天前吞进去的小汤团竟原个儿从小伢儿的小嘴巴里吐出来，一直滚下西湖去了。

这时候，有一条白蛇和一只乌龟在断桥底下修炼。小汤团从桥上落下来，白蛇头颈长，先吞进肚子里；乌龟没吃着汤团，就跟白蛇打起来。白蛇和乌龟一样修炼了五百年，这只小汤团是一颗仙丹，白蛇吞了它，就添了五百年功力。乌龟吃了败仗，逃到西方去了。

白蛇有了修炼千年的功力，就变成人了，自己取名叫白娘子。这一天，王母娘娘过生日，众神仙都赶去赴蟠桃会，白娘子也上天去祝寿。王母娘娘不认识白娘子，就问南极仙翁。南极仙翁望着吕洞宾说道："这事情还得你来讲讲了！"

吕洞宾想来想去想不起来了，南极仙翁便把他在西湖边卖汤团的经过讲了一遍。南极仙翁这番话勾起了白娘子多年来的心事，她想："我只修炼了五百年，如今吞了仙丹，等于修炼了一千年，能变成人了，该去人间走一遭，顺便见见那个吐汤团的小伢儿。"

蟠桃会散了，白娘子便问老仙翁："那个小伢儿在哪里？"南极仙翁哈哈大笑，说："十八年后的清明节，你到西湖边去找一个最高又最矮的人，就是他。"

白堤寻郎

十八年后的清明节那天，白娘子很早起来，顺着苏堤走去。走到映波桥边，看见有个老叫花子，手里拎着一条小青蛇，要挖蛇胆卖钱。白娘子见了很难过，就买下了青蛇，把它放进水里。忽然，湖上冒起一阵青烟，从青烟里走出一个身着青衣青裙的小姑娘。白娘子问她叫啥名字，她说叫小青。小青认了白娘子做姐姐，跟她一块儿走。

两个人从里西湖走到外西湖，又从外西湖绕到里西湖。白娘子走几步，停一停，东张张，西望望。小青问她寻什么，白娘子把南极仙翁说的话讲给小青听，要小青也帮她找。白娘子和小青一直到中午还没找到最高又最矮的人，又寻到断桥边来。

这辰光，断桥边正在做把戏，一大群人围着看。小青猛地叫起来：“姐姐，你看！”小青朝大柳树上一指，原来树上坐着个俊秀的小后生。

白娘子朝那小后生看看，说道：“他个儿不高呀！”小青说道：“他高高地蹲在树上，人家都从他胯下走过，这不就是最高的人吗？”

白娘子说：“他个儿不矮呀！”小青笑道：“他人影落在地下，人家来来往往都从他的头顶上踏过去，这不就是最矮的人吗？”

白娘子十分高兴：“老仙翁呀老仙翁，最高又最矮的人，原来是个不高不矮的小后生！”

小后生蹲在大柳树上，不知名，不知姓，怎样叫他下来呢？小青想了个巧法子，叫白娘子暗地里作起法来。不一会儿，天布乌云，雷声隆隆，下起了大雨。小后生连忙从大柳树上爬下来，跑到西湖边，喊了一只小船，叫船老大划到清波门去。这时，白娘子在岸上喊起来：“划船的公公呀，请让我们搭个便船吧！”小后生见两个姑娘被雨淋得像落汤鸡，忙叫船老大让她们上船。

她俩一上船，小青问小后生叫什么名字。小后生说：“我姓许，因为小时候在断桥旁边遇见过神仙，所以阿爸就给我取个名字叫许仙。”白娘子和小青对看一眼，点点头笑了。白娘子又问许仙住在哪里，许仙说：“自从阿爸亡故之后，我单身一人，寄住在清波门姐姐家里。”小青听了，拍着巴掌笑道：“这可巧了！我姐姐和你一样，也是个无依无靠的人，你们两个倒是天生的一对啊！”说得许仙红了脸，白娘子低下了头。

端午现形

白娘子和许仙认识不久，两人便成了亲。许仙、白娘子带着小青搬到镇江，开了一爿保和堂药店，店门口挂起牌子：“贫病施药，不取分文。”保和堂很快就出了名。

端午节那天清早，白娘子对小青说：“小青，今朝是五月端午，午时三刻最难挨，你快到山上去避避吧！我有修炼千年的功夫，比你好！”

小青摇摇头说：“我看还是一道去稳当些。”白娘子说：“我们两个都走了，官人要着急的呀！”小青想想也对，化作一阵青烟遁到深山中去了。

小青刚刚走，许仙就上了楼，挨近白娘子说：“我们搬到镇江来，今天是头一回看赛龙舟，你就和我一道去看看吧！”白娘子说：“我身上不适，怀了身孕呢！”许仙听到自己快要做阿爸了，心花怒放，赛龙舟也不想去看了，在家里陪白娘子过端午节。

吃午饭时，许仙热了粽子，烫了老酒，酒里和了些雄黄，端到楼上来，递一盅给白娘子。白娘子闻到雄黄的味道，十分难受，便说：“酒里有雄黄，我怕吃不得。”许仙哈哈大笑说：“我家祖宗三代都是药店倌，雄黄酒能祛风辟邪，安胎定神，你还该多吃两盅哩！”

白娘子怕许仙起疑心，又仗着自己有修炼千年的功力，就硬着头皮喝了一口雄黄酒。哪晓得酒刚落肚便发作起来，她赶紧爬到床上。许仙赶到床前，撩起帐子一看，床上盘着一条蛇，吓得他大叫一声，跌倒在地。

昆仑盗草

午时三刻过去了，小青借一阵青烟回了家。她走上楼一看，许仙死在床前，白娘子还睡在床上，急忙推醒白娘子。

白娘子见许仙死了，难过地说："都怪我不小心现了原形，把官人吓死了！"摸摸许仙心口，还有一丝儿热气，想了想，说道，"凡间的药草是救不活他了，我到昆仑山盗仙草去！"

昆仑山是一座仙山，山顶上有几棵能起死回生的灵芝仙草。白娘子来到山顶，采了一株仙草衔在嘴里，正想驾云飞走，看守灵芝仙草的白鹤朝她扑过来。就在白鹤刚要啄白娘子的时候，一根弯头拐杖把白鹤的长颈钩住了，原来是南极仙翁驾到。白娘子哭着向南极仙翁求一株灵芝仙草，南极仙翁放开白鹤，点点头答应了。

白娘子谢过南极仙翁，飞回家来，把灵芝仙草熬成汤汁，灌进许仙嘴里。过了一会儿，许仙就活转来了。

许仙朝白娘子看看，心里好害怕，一转身躲进账房里，整整三天三夜不出来。第三天夜里，白娘子带着小青到账房里来，问他："官人呀，你为啥三天三夜不到楼上来？"许仙只好讲出了真情。白娘子对许仙说："我是好好的一个人，怎么会变成蛇呢？必定是你眼花看错了。"小青也插嘴道："相公没有看错，我也见着一条又像蛇又像龙的东西，飞出窗外了。"白娘子听着笑道："恐怕是苍龙现形了，这正好应着我家生意兴旺，添子添孙。"许仙听她们讲得这样认真，仔细想想也不错，就不再疑心了。

水漫金山

再说那年在西湖里被白蛇打败的乌龟，一逃逃到西天，躲在如来佛莲座底下听经，趁如来佛打瞌睡的时候，偷了金钵、袈裟和青龙禅杖，变成和尚，自名法海。

法海和尚来到镇江金山寺，做起方丈来。他嫌金山寺香火不旺盛，便施展妖术，在镇江城里散布瘟疫，想叫人家到寺里来烧香许愿。但保和堂药店的“辟瘟丹”很灵，瘟疫传不开来。法海和尚知道了气得要命，就扮作化缘的和尚，寻到保和堂药店来。

法海和尚一打听，得知保和堂的灵药都是白娘子开的方，再到药店门口仔细看看那个白娘子，正是打败他的白蛇！法海和尚咬着牙，一声不响坐在保和堂药店门口，一直等到白娘子上楼去，才敲起木鱼，走进店里去化缘。许仙给他一串铜钱，在化缘簿上写下了自己的名字。法海走出门口，回头关照许仙：七月十五到金山寺做盂兰盆会。

七月十五这一天，许仙独个儿来到金山寺。他刚刚跨进山门，法海和尚一把将他拉到禅房里，对他说：“你的女人是个妖精！”

这一说，许仙倒记起端午节那天的事来了，不觉一愣。法海和尚见他在一旁发愣，就说：“你不要回家去了，拜我做师父吧，有我佛法保护，就不怕她害你了！”

许仙想："娘子对我的情义比海还深，即使她是白蛇，也不会害我，如今还有了身孕，我怎能丢下她出家做和尚呢？"这样一想，他无论如何也不肯出家。法海和尚见许仙不答应，就不管三七二十一把他关了起来。

白娘子在家里等许仙，一直等到第四天，便和小青到金山寺去寻找。白娘子仔细望望法海和尚，认出他是乌龟精，就好声好气地央告道："你做你的和尚，我开我的药店，何苦硬要和我做对头呢！你就放我官人回家吧！"

法海和尚哪里听得进去，举起手里的青龙禅杖，朝白娘子兜头就打。白娘子有孕在身，如何挡得住，败下阵来。她们退到金山下，跳上小舢板。白娘子从头上拔下一根金钗，变成一面小令旗，小青接过令旗，举上头顶顺风摇三摇，霎时滔天大水滚滚而来，虾兵蟹将成群结队地向金山寺拥去。大水漫到金山寺门前，法海和尚连忙脱下袈裟，一道金光闪过，袈裟变成长堤，把滔天大水拦在寺外，任凭你波浪多大，就是漫不进去。

白娘子胜不了法海和尚，只得收兵，回到西湖去修炼了。

断桥相会

许仙死活也不肯剃掉头发做和尚，被关了半个月，逃了出来。回到保和堂药店，看看白娘子和小青都不在了，怕法海和尚再来寻他生事，只得收拾东西，回到杭州。

许仙一直走到西湖断桥边，想想自己和白娘子一对恩爱夫妻，活活被法海和尚拆散，越想越心疼，顿着脚喊道："娘子呀娘子，你到哪里去了？"

这时，白娘子和小青正在西湖底下修炼，侧耳一听，是许仙的声音，二人马上从湖底下钻上来，夫妻俩又在断桥相会了。于是，三人坐上小船，划到清波门上岸，仍旧寄住在许仙姐姐的家里。

日子过得很快，转眼过了新年。元宵节那天，白娘子生下一个白白胖胖的娃娃。伢儿满月的那一天，许仙家里办满月酒。许仙忽然想起，娘子要抱伢儿出去跟亲友讨彩头，可惜她头上戴的首饰都丢了。正想着，忽然听得大门外在叫卖金凤冠，许仙三脚两步奔出去买来一顶。

白娘子看看那金光闪亮的金凤冠，满心欢喜，就让许仙把它戴到自己头上。不料这金凤冠一戴上，头就被紧紧箍住啦，白娘子眼前金星乱冒，一头栽倒在地上昏过去了。

许仙慌忙奔出门去，只见法海和尚挡在门口。原来，卖金凤冠的货郎就是法海和尚变的。法海和尚见许仙面色都变青了，料想他们已经入了圈套，就说：“施主，好言相劝你不听，今天我上门收妖来了！”说着，他闯进房里，朝白娘子头上吹了一口气，金凤冠就变成金钵，射出万道金光，把白娘子团团罩住。

小青要跟法海和尚拼命，只听白娘子在金光里面喊她：“小青快走，练好功夫，日后再来报仇！”小青就化作一道青烟从窗口遁走了。许仙死死地抓住法海和尚不放，只听白娘子在金光里面喊他：“官人珍重，你要好好抚养孩子呀！”

白娘子在金光下变成了一条白蛇，被法海和尚收进了金钵，镇压在雷峰塔下。

雷峰塔倒

那小青在深山里不知修炼了多少年，看看自己的本事练得差不多了，就寻到净慈寺，跟从金山寺搬来的法海大战起来。他们打了三天三夜，山摇地动，如来佛的瞌睡都被吵醒了，他睁开眼来，发觉自己的三件宝贝给偷了去，就驾起祥云去寻找。

如来佛飞到杭州上空，见法海和尚和小青正打得热闹哩。法海和尚用青龙禅杖向她头上砸去，如来佛在空中轻轻一招，青龙禅杖就飞上天去了；法海和尚急忙脱下袈裟，想把小青裹住，哪知一脱下来，也呼地飞上了天。这时，一声巨响，雷峰塔倒塌了，砌在塔里的金钵也飞上天了。

白娘子从塔里面跳出来，和小青一道打法海和尚。法海和尚哪里还打得过，就化为一道黑烟逃上天。如来佛恨他心术太坏，飞起一脚，踢得他跌进西湖里。西湖里的水一下干了，湖底朝天。法海和尚找不着一个稳当的地方，看见蟹肚脐下有一丝缝，便一头钻了进去。蟹把肚脐一缩，法海和尚就再也出不来啦。

（陈玮君　徐飞　搜集整理）

梁山伯与祝英台

从前，有一女子名叫英台，女扮男装赴杭州求学，途中在草桥亭歇脚，邂逅书生梁山伯，相谈甚欢，当场拜了把兄弟，二人奔凤凰山万松岭而去。绿荫深处，万松书院书声琅琅，梁祝同窗共读三载……

古往今来，杭州城不仅是红男绿女游乐的好地方，还是莘莘学子求学的好去处。但是封建社会男女不平等，只有男人可以外出读书，女孩子是不允许离开闺房的。

话说上虞县祝家庄有一个名叫祝英台的年轻姑娘，容貌秀丽，胸有大志，决意要到杭城求学，可是遭到父亲祝员外的反对。祝英台便暗设巧计，假装生病，茶不思，饭不想，又假扮卜卦先生上门为“病人”占卜。聪明的祝英台以此来说服父亲，证明自己出外求学万无一失。祝员外见女儿心志甚坚，同时也期望女儿能成为一代才女，终于答应了。临行时，祝员外叮嘱女儿：“你此去假扮男子，可不要露出破绽。三年学满，务须速归。倘若家有要事，一见家书，即刻归来。”

祝英台与丫鬟银心改扮男装。银心肩挑书担行囊，随英台高高兴兴地踏上去杭城的路途。阳春三月，风和日丽，鸟语花香，一路行来，已是杭城近郊的草桥亭了。英台与银心走得乏了，就到草桥亭内歇脚。

却说会稽有个年轻的书生，名叫梁山伯，辞别了堂上老母，带了书童也到杭城来求学。他们路过草桥亭，到亭中休息，正巧碰上祝英台与银心。梁山伯与祝英台相互通报了乡籍、姓名，攀谈起来。两人越谈越投合，就在草桥亭内撮土为香，结拜为兄弟。

光阴似水，梁山伯与祝英台在杭城同窗共读已三年。三年里，他们志同道合，相互敬爱，英台的女扮男装竟然也没有被识破。有一天，梁山伯在作文，祝英台立于书案边为他磨墨。梁山伯抬起头来，突然发现祝英台的耳垂上有耳环痕。自古以来，只有女子才戴耳环，为什么祝英台会有耳环痕呢？这引起了梁山伯的好奇。祝英台机灵地编造说："祝家庄年年有庙会，村里人叫我扮观音菩萨，所以才穿了耳孔，戴过耳环。"同时假装生气，说梁山伯瞎猜疑。梁山伯是个忠厚人，信以为真，连连向祝英台赔礼道歉。

这年春天，祝英台收到家中来信，说老父有病，催她回去。父亲生病，她不能不回去，但她又难舍心上人梁山伯。银心了解小姐的心意，要她向师母讲明原委，拜托师母做媒。祝英台向师母讲明了真情，并从袖中拿出玉扇坠——一只雪白的玉雕蝴蝶，作为定情的信物，请师母转交给梁山伯。

梁山伯同样舍不得祝英台走，他万分依恋地送"贤弟"下山，走上了他们当年来杭城时走过的钱塘江畔的路。古人送至亲好友上路，送到十里长亭，已算是远送了，可梁山伯送祝英台，一送就是十八里。一路上，祝英台即景暗示自己是个女儿身，要与山伯结为百年之好，可生性厚道的梁山伯竟一点也不解其意。祝英台看到山上樵夫砍柴，便问梁山伯："他为何人把柴打？你为哪个送下山？"梁山伯回答说："他为妻子把柴打，我为你贤弟送下山。"祝英台指着凤凰山上的花说："我家有枝好牡丹，梁兄要摘也不难。"梁山伯不明祝英台暗喻之意，回答说："你家牡丹虽然好，可惜是路远迢迢怎来攀！"祝英台又指着池塘中戏水的鸳鸯问："英台若是女红妆，梁兄愿不愿配鸳鸯？"梁山伯还是不明白，回答说："可惜你英台不是女红妆。"祝英台急了，看到前面河上游来一对大白鹅，说："雄的就在前面走，雌的后面叫哥哥。"梁山伯却更不明白了："未曾看见鹅开口，哪有雌鹅叫雄鹅？"祝英台懊恼地开玩笑说："你不见雌鹅对你微微笑，它笑你梁兄真像呆头鹅！"梁山伯生气了，祝英台只得赶紧向他赔礼道歉。

就这样一路走，一路说，憨厚老实的梁山伯还是不明就里。他们来到一口古井前，英台干脆对山伯说："你看井底两个影，一男一女笑盈盈。"梁山伯却越听越糊涂，怪祝英台太荒唐。既然说不明道不破，祝英台只得假托家中有一个品貌与自己一样的同胞九妹，问梁兄愿不愿意与她成婚配。梁山伯一口答应，两人约定，七巧之时，梁家花轿上门来抬。

梁山伯送走英台，回到书院。师母拿出祝英台留下的定情之物玉扇坠，向梁山伯道破了真情。梁山伯喜不自禁，赶快收拾行装，去祝家庄访英台。梁山伯重新走上送别英台时走过的路，回忆起她说过的那些话，当时猜不透，现在全明白了，不禁责怪自己真是个"呆头鹅"。他恨不得立即飞到祝英台的身边，向她倾吐衷情。

梁山伯兴冲冲赶去祝家庄践约，祝员外却已把女儿许配给了有钱有势的太守之子马文才。祝英台坚决拒绝，并向父亲说明自己与梁山伯已相爱定情，但祝员外却认为婚姻大事当由父母做主，许配马家万难更改。

祝英台与梁山伯久别重逢，又是欢喜又是悲伤，喜的是今日能与意中人重相会，悲的是她与梁山伯的美满姻缘被拆散。在书楼上，英台不得不把自己已被许给马文才的事告诉了梁山伯。梁山伯听了，犹如五雷轰顶，原以为两心相照成佳偶，谁知道竟是一场空欢喜，满怀悲愤无处诉，无限希望化成灰。祝英台想要安慰梁山伯，可又怎么安慰呢？不禁泪如断线之珠。

梁山伯满心欢喜来访英台，却落得个心碎扶病而归。在送别梁山伯的时候，祝英台问他："今日别后，何时再来？"梁山伯回答说："恐怕我短命夭殇不能来了！"生离死别之际，梁山伯告诉祝英台："要是我有不测，就在胡桥镇上立坟碑。"祝英台也下了决心，要梁山伯刻红、黑两块碑，黑的刻梁山伯，红的刻祝英台。他们立下誓言：生不能配夫妻，死也要同坟台！

梁山伯回去后，果真一病不起。临终之际，他别无所望，唯求见祝英台一面。梁山伯的老母亲赶到祝家庄，回来时带回了祝英台的一绺青丝、一封亲笔信、一叠诗文稿。祝英台已是马家之人，再不能来见梁山伯了。梁山伯带着刻骨相思、千古遗恨，走上了黄泉之路。

祝英台出嫁的时辰到了，马家的花轿停在门前，鲜红的嫁衣堆在她面前，祝员外劝女儿赶紧梳妆上轿。祝英台提出，如要她上轿，轿前要有两盏白纱灯，轿后要有三千纸银锭，而且先要往胡桥镇，让她白衣素服祭一祭梁山伯的坟。祝员外无可

奈何，只得依从，但要祝英台外穿红、里穿白，祭坟之后即刻到马家完婚。

花轿吹吹打打来到梁山伯的坟前，祝英台下了轿，哭倒在坟前。这时候，突然狂风大作，雷雨骤至，轰隆一声，坟墓裂开一个大口。祝英台纵身跃入墓中，墓合拢了。

雨过天晴，风和日丽，一对彩蝶从墓中飞出，相互嬉戏追逐，翩翩起舞。

（盛秧　搜集整理）

孩儿巷

孩儿巷位于杭州市中心，东起中山中路，西至武林路。宋代时称“保和坊砖街巷”，因巷内多泥孩儿铺，又名“泥孩儿巷”，元代改称“孩儿巷”，直到今天。现在的孩儿巷98号是南宋诗人陆游的旧居，他曾在此写下脍炙人口的诗句：“小楼一夜听春雨，深巷明朝卖杏花。”

有一年，杭州来了一位知府，名叫李铁林，因为生性刚直，执法如山，老百姓都叫他“李铁头”。

这天，李铁林带了两个衙役走出知府衙门，走着走着，突然听到小巷深处传来呼叫声：“哎呀，不得了，三岁伢儿竟敢殴打亲娘，这还了得！”他急匆匆地带着衙役赶了过去。按照当时的刑律，儿打娘亲，属于大逆不道，该当问斩。

原来，小巷里住着一个名叫王秀兰的妇女，前年丧夫，身边只有一个三岁的儿子。这天早上，娘儿俩吃好饭，坐在家里闹着玩，玩着玩着，儿子用手拍打起娘的头来了。王秀兰见儿子这样调皮，不觉喊出声来，正好被李铁林听到。

李铁林循声走进王秀兰家，见她的儿子用小手在娘的头上拍打，就板着脸大喝一声：“大胆！三岁伢儿竟敢殴打亲娘，罪在不赦。”王秀兰一见李铁林进来，知道知府把戏言当真，急忙说道：“大人，这是我母子俩闹着玩的。”李铁林不由得火冒三丈：“这是本府亲眼所见之事，你竟敢当面狡辩？”这下子王秀兰慌了，急忙跪在地上，连连叩头，说：“三岁伢儿不懂人事，还望大人明察。”

李铁林沉思片刻，说道：“好吧，你说三岁顽儿不明事理，今日就当面一试，便知分晓。”说完，令衙役上街买来白糖、食盐各一小包，分别放在两只盘子里，说道：“我让孩子自己挑着吃，看他是否懂事。”一边说一边将盘子放在孩子面前。只见孩子二话没说，两只小手立即伸向糖盘，抓起白糖往嘴里塞。李铁林见状，对王秀兰说道："你还有何话说？"王秀兰急得浑身颤抖，冷汗淋漓，不知如何是好。

没过几天，知府的批文下来了，孩子被判了杀头罪，因尚未成年，要等年满十六岁后再处决。自此，王秀兰日夜忧心忡忡。孩子长大后，知道自己已被判了杀头罪，也忧郁成疾，一病不起。

亲娘一句戏言，害了亲生儿子。人们为了记住这件事，就把这条巷叫作"害儿巷"。因为杭州人讲话的口音"害儿"与"孩儿"差不多，再说"害儿"二字也不吉利，以后就改叫"孩儿巷"，沿用至今。

（陈友贵　搜集整理）

学士街

学士街即现在的学士路，是湖滨附近的老街。学士路和东坡路交叉口的东北角，民国时就有一个很大的菜场——龙翔桥菜场，20世纪末搬离，在原址上建起了红泥花园大酒店，老杭州无人不晓。学士路的思鑫坊为石库门式砖砌小楼，有着西式的窗户和阳台，里边生活着乐天知命的杭州人。

杭州城里有一条学士街，据说是为了纪念苏东坡取的名。这话又对又不对：说对，因为这街名的确和苏东坡有关；说不对，因为北宋时它还不是街，只不过有个“学字界”的名称。

早先，这地方有一所蒙馆，馆里有十七八个学生，少数几个人仗着家里有钱，不好好读书，盛气凌人；多数人学习十分认真，但家境贫寒，连习字的纸也买不起。

有一天，苏东坡便服出游，经过这里，听到蒙馆里传出读书声，不觉心里一动，走了进去，只见三个孩子在埋头写字，多数孩子在读书。蒙馆的老先生见有人进来，拱了拱手，道声：“请坐。”苏东坡小时候也进过蒙馆，知道规矩——读书有读书的课，写字有写字的课，现在怎么一课分为两种呢？便问：“老先生，现在上的什么课？”“写字课。”“为什么这些学生不写字呢？”“这些孩子家境贫寒，无钱买纸。”

苏东坡一看，不写字的几个学生果然衣衫破旧，显然是穷人家的孩子。苏东坡伸手往袋里掏钱，转念一想，不行，济人不在钱财，立志不在富贵，出钱买纸只救得了一时。他便缩回手，对老先生说：“让我来试试，可好？”老先生见苏东坡儒服方巾，气宇轩昂，显然是个有学问的人，就点点头。

苏东坡把手一招，几个穷孩子跟着他走出馆外，站在泥地上。“你们喜欢写字吗？”“喜欢。”“为什么不写呢？”“买不起纸。”“如果你们有了纸呢？”“一定好好写。”

苏东坡用脚跺地，说：“这不是现成的写字纸吗？你们先在沙泥地上学字，回头我再给你们送点纸来。”

这一来，却遭到几个富家子弟的嫉妒。穷孩子们要在地上学字，富家孩子要在地上玩耍，穷孩子们躲到东，富家孩子就跟到东，穷孩子们躲到西，富家孩子就闹到西，蒙馆先生也不敢主持公道。

这一天，苏东坡带了纸张又来到蒙馆。他叫来全馆孩子，说明道理，还在门前的地上画了一条长线为界，规定线东踢球玩耍，线西就地习字，相互不得干扰。从此，这些穷苦孩子在界西一侧沙地上学字，进步很快。孩子们对于这条学字的界线十分爱护，白灰淡了，重新刷上，后来索性搬来砖头和石块，砌成了一条界线。

后来，大家得知这个帮助穷孩子们学字的人就是太守苏东坡，对这条界线更加爱护了，并把它叫作“学字界”。

宋室南迁后，杭州人口大增，这地方造起房屋，但还是将这条学字界留出了，久而久之，成了一条小街，不过“学字界”逐渐被误称为“学士街”，这也许是因为苏东坡当过龙图阁学士的缘故吧。

（徐清祥　搜集整理）

东坡路

东坡路位于杭州闹市区，东起浣纱路，南至平海路，北临庆春路，紧贴湖滨路。此地饭店、酒楼林立，虽与闹市为邻，却闹中取静，漫步其间，自有一份都市的宁谧。

杭州东坡路，在北宋初期是一条无名小路，人家不多，店铺稀少。路旁一间草屋里，住着一位头发花白的老妈妈，孤身一人，以卖凉茶为生。

有一天，一个书生模样的人来到茶摊旁。老妈妈见他葛巾芒鞋，衣着简朴，急忙移过一张方凳，说："相公请坐。"书生落座后，侧身指着桌上的凉茶问道："老人家，这茶可是卖的？"老妈妈见问，笑眯眯地答道："可说是卖，也可说是送。""此话怎讲？""若是挑脚行夫、佣工童仆，手头不便，不付钱也无妨。像你这般斯文相公，那就要一个铜钱一碗啰。"

书生见老人快嘴快舌，言语朴实，点点头，拿过桌上一碗凉茶。才呷一口，顿觉沁人心脾，精神为之一爽。喝完茶，他起身伸手入袋，谁知今日出门，竟没有带着小钱，便取出一块碎银递给老人。

老人见是银两，一时间兑换不开，就对书生说道："相公既有不便，老身也不在意，就算是我请喝罢了。"书生过意不去，便说："老人家，权作我赊一次账吧！下次路过，定当奉还。"他向老妈妈拱手行礼，告辞而去。

过了一个多月，这位书生再次路过这里，猛然记起上次未付茶钱，一摸口袋，却又忘了带零钱，心里不安，急忙向老人道歉。老妈妈见这位书生对一文钱如此认真，心中十分敬重，特意又端上一碗凉茶，请他坐下休息。书生说："老人家，我身边不带零碎小钱已成习惯，两次赊账实在不好意思，说不定下次再来又会忘记。我看就请你老人家备些纸笔，倘若我再忘记带钱，就给你画一幅画，算是茶钱吧！”老妈妈见书生言语实在，举止落落大方，点头答应了。

没过多久，已到了六月炎夏，骄阳似火。书生记得上次的诺言，特地冒着酷暑赶到老妈妈这里，一到门前，就彬彬有礼地问：“老人家，可备得纸笔？”老妈妈抬头一看，就是上两次来过的书生，乐呵呵地说道：“我知道你是正人君子，在你走的第二天就备下了纸墨。”书生一听，满脸笑容地对老妈妈说：“今日我是特地来为你作画的。”说完，欣然提笔，画了一幅泼墨山水，题上“东坡居士”的落款，笑着说：“不知此画能否当得两次茶钱？”

老妈妈虽已年迈，可也识得不少字，一见落款，才知眼前这位衣着简朴的相公竟是文才盖世、大名鼎鼎的苏学士，连忙躬身说道：“老身有眼无珠，大人的字画堪称墨宝，这是老身前世修来的福分哪！”

这件事传开后，大家知道苏东坡经常便服外出，而且身上不带零钱。为了得到苏东坡的字画，不少人来这里摆茶摊，有的甚至开起了小酒店。就这样，这条无名小路变得热闹起来。苏东坡调离杭州以后，人们为了纪念他，把这条路取名为“东坡路”。

（陈友贵　搜集整理）

元宝街

元宝街西起牛羊司巷，东至金钗袋巷，为杭城唯一保存至今的古石板路。整条街东西两端低，中间高，形似倒扣的元宝，中间横铺石板，两侧直铺石板，古意盎然。胡雪岩故居即坐落在此地望仙桥东堍，园林布局巧夺天工，芝园内的假山为国内现存最大的人工溶洞，堪称清末中国巨商第一豪宅。

在鼓楼附近的望仙桥畔，有一条用一百三十多块青石板铺成的小街，叫作元宝街。

据传一百多年前，鼓楼附近有一个摆药摊的老头，人称“卖药老胡”。他为人精明，善于经营，药摊虽小，生意却十分兴隆。几年后，老胡发了财，收起了药摊，开了一家大药店，招牌叫“胡庆余堂”。

人发了财，身价也就重了百倍。为给子孙后代造福，这一年，老胡请来了风水先生，选中了望仙桥东堍这块宝地，建造胡公馆。他要求地基一定要呈方形，意为“宝地一方”；大门一定要朝正南，这叫“朝南享福”；门前要用大块青石板铺路，暗喻“青云之路，生财有道”。一时间，设计的，测量的，搬运的，好不热闹。

不料事与愿违，还没动工就碰上了一件不顺心的事。原来，在老胡选中的这块宝地的西北角，住着一户人家。为了使胡公馆呈正方形，老胡多次派人去劝说，愿出高价让其搬家。怎奈这户人家虽穷，却是人穷志不穷，说屋子是祖宗留下的产业，决不能做不肖子孙，让给别人，任凭老胡出多少钱，就是不肯搬迁，气得老胡要上告衙门。

这时，有个朋友劝老胡说：“你是有身份的人，犯不着与小人去斗气，凡事开头总得先图个吉利啊！”想发财的人，“利”字最听得进。老胡觉得朋友说得有理，但这地基不能成方，心里总觉得不舒服。最后，还是风水先生出了个主意：西北角缺，东南角补，用石头元宝来“压财”。于是，就打造了一只石头大元宝，压在胡公馆的东南角上。

胡公馆造好了，大门朝南，青石板铺路，石元宝压财，十分气派。胡公馆门前的这条路面，也做得中间高、两头低，像一只倒扣的元宝，“元宝街”也就因此而得名了。

（叶建华　搜集整理）

奎元馆

奎元馆是杭州老字号面馆，有“江南面王”的美称，位于杭州老底子的繁华地段官巷口，主营面条，选料讲究，由专人制作，生面下锅，韧而滑口。奎元馆最负盛名的要数片儿川和虾爆鳝面。

杭州奎元馆原是一家没有招牌的小面店。那时候，全省各地的读书人中了秀才以后，都要到杭州贡院来考举人。这些考生要吃了早点进考场，店主为了招徕生意，特地烧了一种“三元面”供应顾客。这“三元面”其实就是在面碗上放三只剥了壳的茶叶蛋，取个“三元及第”的意思。因为寓意吉祥，来赶考的秀才都喜欢讨个口彩，面店的生意渐渐好起来了。

有一天清早，一位年轻的秀才走进面店，向店主要了一碗阳春面，一边吃一边温习诗文。店主问他为何不吃“三元面”讨个吉利，那秀才说：“只因家境贫寒，连路费都是亲友接济的，不敢为饱口福多花钱。”店主见他眉清目秀，说话入情入理，不觉动了爱怜之心，就送他三只茶叶蛋，对他说：“祝相公连中三元。”秀才十分感激。

后来，这秀才果然高中。放榜之日，他特地来谢店主，说：“贵店没有招牌，我就替你写块招牌，聊表谢意吧！”于是，提笔写了“奎元馆”三个字。

从此以后，奎元馆的生意越来越兴旺了。

（宋光甫　搜集整理）

胡庆余堂

胡庆余堂位于吴山北麓南宋御街河坊街上，有闻名遐迩的“江南药王”胡庆余堂国药号，为清末红顶商人胡雪岩于1874年创立的，是国内保存最完整的清代徽派商业建筑群。百余年来，胡庆余堂广纳名医良方，精心调制丸、散、膏、丹，悬壶济世，造福百姓，有口皆碑。

胡雪岩决定在杭州开一爿药店。要开药店就要有一位懂行的账房先生，经朋友推荐，胡雪岩前后接待过三位老先生，每来一位，他都是恭恭敬敬地静听他们对开办药店的高见。

这几位账房先生，个个都称得上精明能干。算盘珠拨得噼啪响，方案造了一张又一张，都说开张后一年能为店里获利多少多少。胡雪岩只是笑着点点头，不露声色，然后客客气气地送给他们丰厚的川资和酬金，婉言辞谢。

俗话说“事不过三”，胡雪岩连请了三次账房先生都没有成功，引得人们议论纷纷，不知他葫芦里到底卖的什么药。

一天，来了个余姚人，自称姓余，愿应聘为账房。胡雪岩照样在客厅接待他，还向他详细介绍了以前三位先生的打算，这位余先生一味地吧嗒吧嗒吸旱烟，半天也不吭声。烟吸足了，茶喝够了，他站起身来，拱拱手说：“告辞。”胡雪岩诧异地说道：“余先生，我还没有请教你的高见呢！”余先生冷冷地说：“你想在短期内就赚钱翻本，我办不到，还是另请高明。”

胡雪岩从这几句话里听出点味道来了，连忙挽留。但他还是故意说：“常言道：‘千做万做，蚀本生意不做。’做买卖，能不为了赚钱吗？”余先生正色道：“急于赚钱和正当赚钱是两码事。急于赚钱的，见钱眼开，只知道拼命地捞；正当赚钱的，就要重视信誉，细水长流。你看，每家药店门口几乎都写有‘道地药材’四个字，这难道是容易办到的吗？”

接着，他滔滔不绝地讲出一番道理来：驴皮要囤三年才能熬成上好的胶，女贞子要经过五蒸五晒，红花要隔年采集于西藏，茯苓不是来自云南苍山洱海的不能算上品，麝香要当门子，鹿茸要血尖等。最后，余先生说：“药是治病救命的，所以贵到犀角，贱到通草，都必须精选细挑，不能马虎。不在质量上胜过他家，又怎么能打响牌子？再说，开药店总得图个百年大计。归根结底一句话，你要请我做账房，就要准备先蚀三年本，才能慢慢赢利。这叫周瑜打黄盖——双方自愿，不然，另请高明。”

胡雪岩听了这番话，觉得句句在理，心服口服，一个正直的生意人就该有这种精神。他深深作揖，道：“今天我胡某总算请到了一位目光远大、经营有方的好账房。余先生，今后一切全仗着你啦！”

后来，胡雪岩就取了个“胡庆余堂”的店名。一般人的解释，是取“积善人家庆有余”之意，其实，这中间还包含着另一层意思——胡雪岩是庆幸自己请到了一位洞明练达的好账房余先生哩！

（陈祖基　搜集整理）

张小泉剪刀

张小泉剪刀，清康熙年间始创于杭州，与孔凤春“杭粉”、王星记“杭扇”、都锦生“杭锦”、宓大昌“杭烟”并称为“五杭”，远近闻名。传统民用剪刀是张小泉的看家产品，镶钢均匀、磨工精细、刃口锋利、销钉牢固、开合和顺、式样精巧、刻花新颖、经久耐用、物美价廉，称雄制剪业。

很多年以前，有个姓张的铁匠，名叫张小泉。张小泉有一手祖传的手艺，整年挑一副铁匠担走街串巷，替人家打造镰刀、锄头、菜刀、锅铲。

有一年，张小泉得罪了财主，在乡下立不住脚了，只好带着三个儿子，挑起铁匠担子，流浪到杭州，在大井巷内搭个席棚，开起一爿铁匠铺来。大井巷在城隍山脚，是一处热闹的地方，张小泉在这里开铁匠铺，生意倒还不错。

大井巷里有一口大井，井水很深，也很清凉，家家户户都吃这口井里的水。有一天清早，有人来挑水，发现井水像烂泥汤似的，大家觉得很奇怪。一个老公公说，他小时曾听老年人讲过，这大井直通钱塘江，钱塘江上游有两条乌蛇，隔许多许多年就钻到这口清凉的大井里来交尾下蛋，把井水弄得像烂泥汤一样。大家听了，忙问："有没有办法制伏这乌蛇呢？"

老公公说："要制伏它，只有下井去跟它们拼！"

这口水井深不见底，就算里面没有毒蛇，也没有人敢下去呀！大家你望望我，我看看你，急得火烧火燎。

张小泉父子听说这事，也挤进人群来看。张小泉听了老公公的话，皱起眉头想了一下，拉住一个街坊说："拜托你到酒店买两坛老酒来！"又拖着一个邻居说，"麻烦你到药铺买两斤雄黄来！"然后回头朝大儿子喝道，"快回家去拿我的大锤！"等儿子拿了大锤回来，张小泉就把两斤雄黄倒进两坛老酒里，顺手捧起一坛，咕嘟咕嘟一口气喝干了。接着，他解开纽扣，脱下衣裳，又捧起另一坛酒，往自己头顶上一倒，哗啦一声，雄黄酒从他头顶直淋到脚跟。他一把拿过儿子手中的大锤，扑通一声就跳进大井里去了。

张小泉跳进井里，只觉得身子呼呼地往下沉，好一会儿才沉到井底。他睁开眼睛，东找西寻，果然看见北面暗角落里有两条手臂那么粗的乌蛇，颈交颈地盘绕在那里。张小泉眼明手快，不等两条乌蛇分开，就挥起大锤，咣当！咣当！咣当！一连三锤，锤锤都砸在两条乌蛇的七寸上，把两条乌蛇的颈脖子砸得扁扁的，粘到一块儿了。张小泉砸死了乌蛇，便一手提着大锤，一手拎着两条蛇尾，屏住气，慢慢地浮出水面来。

等张小泉的头钻出水面，围在井边守候的邻居赶紧放下绳索将他拉上来。张小泉爬出井圈，把两条乌蛇往地上一摔，咣当一声，把人吓了一大跳。大家起先很害怕，后来看蛇一动不动，真的死了，才敢走近去，拿棒头敲敲，当当作响。传说这两条乌蛇已成了精，炼成了钢筋铁骨。

张小泉把两条死蛇拖回家，看看又想想，想想又看看，想了三天三夜，在纸上画了一个图样。爷儿四个就照着图样，在蛇颈相交的地方安上一枚钉子，把蛇尾巴弯过来做把手，又将蛇颈上面的一段敲扁，磨得飞快飞快的，就这样，打造出第一把大剪刀来。爷儿四个高兴极了，便将这把剪刀挂在铁匠铺门前当招牌，又仿着打造出大大小小的剪刀来卖。

以前，人们裁衣用刀，断线拿刀割，很不方便。张小泉造出剪刀以后，裁衣剪线就轻快方便得多了。因此大家都到张小泉铁匠铺来买剪刀，差点踏平店门槛，忙得张小泉爷儿四个光打剪刀都来不及。

张小泉剪刀的名气越传越大，销路也越来越广，成了闻名全国的杭州特产。张小泉死了以后，他的三个儿子各立门户，三家铁匠铺都用“张小泉剪刀”的招牌。张小泉生前还收过不少徒弟，他们说：“儿子好用阿爹的招牌，徒弟也好用师傅的牌子。”也都挂起这个招牌来。儿子传儿子，徒弟传徒弟，杭州的张小泉剪刀店也就越来越多了。

（徐光达　搜集整理）

龙井茶

龙井茶是中国著名绿茶，茶色翠绿，甘醇爽口。龙井茶得名于龙井。龙井，位于西湖西山风篁岭下。北宋高僧辩才居龙井种茶待客，令茶文化发扬光大，无疑是龙井茶出名的一个缘由。

清代乾隆皇帝游江南，到了杭州府。这天，他脱掉龙袍，换上青衣小帽，打扮成书生模样，几个太监装扮成书童和家人，过云栖，从十里琅珰岭翻山过来，到了龙井村边的狮子峰附近。这时正是清明时节，茶农们已经开始采摘新茶。山上山下飞扬着姑娘和小伙子优美的歌声，路边十多棵绿油油的茶蓬上长满了嫩芽，有的还滚动着亮晶晶的露珠。常年居住在深宫里的乾隆皇帝陶醉在这如画的美景中，顺手采了几把路边茶蓬的鲜叶，装进衣袋里，边玩赏边往山下走。

到了狮子峰脚下的胡公庙前，村里家家户户的房上都升起了炊烟。乾隆皇帝脚也酸了，肚子也饿了，想找个地方歇一歇，吃些点心，但村里人都忙着把新鲜的茶叶往炒茶房里送，谁也没顾得上理他。他不禁生起气来，打算找个由头惩治一下这些不知天高地厚的山民。于是，他亮出皇帝的牌子，叫太监去宣庙里的和尚接驾，再令和尚快去找一个人来炒茶叶。

找哪个人好呢？这可不是儿戏，稍有不慎，给加个“犯上”的罪名，脑袋就会搬家。随着和尚笃笃的拐杖声，皇帝要传人炒茶叶的消息从村东传到村西。大家凑在一起想办法，可是直到乾隆皇帝派太监来催第三遍，还没想出应付的法子。

村里有个小伙子，小时候不小心从树上摔下来断了一条腿，住在靠近九溪十八涧的村子尽头。当他一步一拐赶到时，见大家愁眉苦脸，便挠挠头皮，咬咬牙跟着和尚去见乾隆皇帝。

乾隆皇帝见来的是个腿脚不便的青年，就说村民们有意搪塞他，要把和尚拿下问斩。小伙子说："你要找炒茶叶的人，只要炒得好就是了，瘸腿碍着什么事？又不是选美人！"乾隆皇帝没了理，只得故作威严地喊和尚到灶下去烧火。

小伙子用蜡油把锅底抹了抹，搬来半畚箕新鲜茶叶，见乾隆皇帝在一旁站着，自己也不好坐下去，便跪在凳上炒起来。长满老茧的手在火烫的锅里搅着青叶，一会儿抛，一会儿揿，上下翻动，忙得满头是汗。乾隆皇帝转动着两只眼珠，想从中挑出点毛病来，可是什么毛病也挑不出，渐渐地看入了迷。

茶叶好不容易炒成了，只有小小的一把，勉强够泡两杯。老和尚忙烧了滚烫的水，泡上茶，恭恭敬敬地献给乾隆皇帝。

顷刻之间，杯中溢出一股沁人心脾的清香，茶叶在水里舒展开来，茶汤清澈澄碧。乾隆皇帝微微笑了，小伙子和老和尚都暗暗松了口气。谁知乾隆皇帝把嘴凑到茶杯边呷了一口，眉头慢慢地皱拢来。蓦地，他把茶杯一摔，连声喊道："什么味道这么苦，宫里吃的怎不是这样子？想必是刁民算计着要害朕，快把炒茶的推出去斩了！"

太监们不由分说绑起小伙子就走，老和尚急忙跪在地上，一面念"阿弥陀佛"，一面恳求皇帝饶了小伙子。乾隆皇帝只是气呼呼地坐着，连瞥都不瞥一眼。忽然，他咂咂嘴，眼睛骨碌碌一转，说："把那人放了，再炒一锅！"原来，他到这会儿总算品出一丝茶叶的甘香味来。

后来，乾隆皇帝回到宫中。太后见他好几天未曾来请安，问他到哪里去了。乾隆皇帝怕挨骂，连连说龙井风景如何如何美，龙井茶叶又是如何如何好，想到口袋里还有那日摘的茶叶，赶快掏了出来。那茶叶已被体温烘干了，如同炒过的差不多，扁扁的，一叶宽、一叶尖，就像清朝的旗帜和长枪。他回想起狮子峰下令人赞赏不已的潺潺泉流，低头看着掌心的茶叶，沉吟了一会儿，称其为“旗枪”，并传圣旨到杭州府，规定以后每年清明前采下的龙井茶都要进贡朝廷。

至今，在狮子峰的半山腰、胡公庙的后面，还留着“十八棵御茶”，传说就是乾隆皇帝当年采茶的地方。如果你有机会到龙井村去做客，热情的主人一定会领你去游览这一古迹。

（朱晓晔　搜集整理）

吴山酥油饼

吴山酥油饼是杭州传统名点，因旧时常在吴山景区供应而得名。制作历史始自宋初，据说宋高宗也好这一口，之后由宫廷传到民间，几经改良，用面粉起酥制成酥油饼，被誉为“吴山第一名点”，流传至今。

吴山酥油饼为杭州传统名点，由油面叠酥精制而成。色泽金黄，层酥叠起，上尖下圆，似一座金色小山；上覆白糖，如皑皑白雪。不仅造型美观，品尝起来酥脆而不碎，甜香而不腻，老幼皆宜，远近闻名。

吴山酥油饼又叫“蓑衣饼”，传说这名字还是北宋大诗人苏东坡取的呢。

从前，吴山顶上有一爿夫妻点心店。夫妻俩为人老实，虽然店小，本钱少，但是不惜工本，每天做点油饼，供应上山游览的客人。他们做的油饼与别家不同，香酥多，薄而脆，人人爱吃，生意十分兴隆。

一天，苏东坡身披蓑衣，脚蹬芒履，手拄拐杖，带上两个老卒，冒雨来游吴山。他一步一杖来到山上，只见很多游山的人喜滋滋地吃着油饼，不禁感到腹中饥饿，也到店里买了几只。他向店里借了一张小竹椅，坐在野花点点的草地前，解下腰间酒葫芦，一口酒，一口饼，一边俯瞰西湖，一边眺望钱江，细细品尝起来。这油饼看上去油丝丝，闻起来香喷喷，一上口松脆脆，味道特别美。苏东坡一连吃了三只，即兴吟了一首小诗：“野饮花前百事无，腰间唯系一葫芦。已倾潘子错著水，更觅店家为甚酥？”

苏东坡吃着味美，便问店家：“如此好的酥饼，有何美名？”

店家回答：“山野小吃，要什么美名？”

苏东坡仔细看看这种饼，一层层，一丝丝，像身上披的蓑衣一样，便随口说：“好个山野小吃，既不要雅名，就叫它‘蓑衣饼’吧！”

跟随苏东坡的老卒听了，忙对店家说：“恭喜你们，恭喜你们，太守给这饼取名‘蓑衣饼’啦！”

店家夫妇一听，才知道这个吃油饼的人原来就是大名鼎鼎的苏东坡，忙过来连声道谢：“谢谢苏大人，为山野小吃取了这么好的名字！”

从此，吴山蓑衣饼声名远扬。“蓑衣饼”与“酥油饼”三字字音相谐，此饼本身又油又酥，后来，大家就叫成“酥油饼”了。

（莫高　搜集整理）

西湖绸伞

西湖绸伞以竹做骨，以绸张面，伞面绘有西湖十景、花鸟鱼虫、仕女等图案，色调悦目，透风耐晒，易于折叠，遮阳、避雨两用，还是值得收藏的旅游纪念品。

早先，巧匠鲁班听说西湖的景致好，就带着妹妹从山东到杭州来了。

这一天，鲁班和鲁妹来湖边游玩，只见太阳金闪闪，湖水亮晶晶，白堤桃花红，苏堤杨柳绿，西湖景致果然好看。两人走走看看，看看走走，不觉来到柳浪闻莺。忽然，天色变了，唰唰唰地下起一场春雨，落个不停，鲁班和鲁妹只好躲在一棵大树底下避雨。西湖雨景倒是很好看，可是雨落得兄妹两人一身湿，再也没心思看景致了。鲁妹笑着对哥哥说："哥哥呀，你的手这样巧，今朝碰到落雨天游湖便一点办法也没有了！我想同你来比一比，各人自己去造个东西，要使人在落雨天照样能游湖，看谁办法好。"

鲁班一听妹妹要同自己比赛，差点笑出声来，漫不经心地说："好吧，比就比！但要定个时间，我说三天为期，如何？"鲁妹听了直摇头。鲁班说："那你说要多少时间？不够再加。"鲁妹说："今天一夜工夫，到明朝鸡叫为止。"鲁班哈哈大笑说："好，好，好，通通依你。"当夜，两人就分头干了起来。

鲁班找来些木头，刨得光光洁洁，又雕上各种花样，在西湖边立起四根红彤彤的柱子，盖上顶，还有四只翘耸耸的角，挂上四个叮当叮当响的铜铃，造了一座四角形的亭子。他在亭子里东看看，西望望，心里想：这下好了，千瓦盖顶，四面透光，哪怕雨落得再大，坐在亭子里也好看西湖景致了！

鲁班造好亭子，回到屋里，看看他妹妹房里，一点动静也没有。他又急急赶到西湖边，立起六根红彤彤的柱子，盖上顶，顶边还有六只翘耸耸的角，挂上六个叮当叮当响的铜铃，又造了一座六角形的亭子。

鲁班再看看他妹妹房里，还是一点动静也没有。他又在西湖边立起八根红彤彤的柱子，盖上顶，顶边还有八只翘耸耸的角，挂上八个叮当叮当响的铜铃，造了一座八角形的亭子。

鲁班再看看他妹妹房间里，还是一点动静也没有。他又在西湖边造了第四座、第五座、第六座……一口气造了九座式样不同的亭子。

鲁班开始造第十座亭子的时候，鲁妹偷偷地跑了出来，看到哥哥已经在西湖边造起了九座亭子，正在造第十座，忙得满头大汗，就偷偷地学了一声鸡叫。

鲁班的第十座亭子刚刚造好三只翘耸耸的角，一听鸡叫，以为天亮了，就停工了——这就是西湖三潭印月九曲桥上的那座三角亭。

过了一会儿，"喔喔喔——"鸡真的啼了，天亮了，朝霞映着红色的亭子，显得格外美丽。鲁班得意扬扬地坐在亭子里，看看自己一夜工夫造起来的十座亭子，心想：自己造得又快又好，妹妹今朝一定输啦！

忽然，他眼前一亮，好像迎面飞来了一只孔雀。定睛一看，原来是妹妹从屋里走出来，把一个东西向上一张，那东西立刻变得像亭子顶一样：四周有三十二只翘耸耸的角，每只角下面挂着黄澄澄的绸须，上面覆着一块彩色绸子，绣着凤凰牡丹图，顶下只有一根“柱子”。

鲁班仔细看，这东西是用山上的竹子做的，有三十二根长竹条、三十二根短竹条，长竹条与短竹条之间装有灵活的插销，要用时一张就散开来，不用时一收就缩拢去，真是又轻巧又好看。

鲁妹笑着对鲁班说：“哥哥，你一夜工夫造了十座亭子，我一夜工夫就造了这半个‘亭子’，但这半个‘亭子’抵得上千千万万个亭子。落雨天，你只好坐在亭子里面看西湖景致，我撑着这半个‘亭子’可以走来走去，在湖边到处玩耍。”

鲁班越看越有趣，笑着说：“好妹妹，你的心儿比我巧，你的手艺比我妙！”

鲁妹说：“不，哥哥，你的手艺当然比我高！你造的十座式样不同的亭子，把西湖景致打扮得更好看啦。”

鲁妹造的这半个“亭子”，因为在落雨天一张可以散开来，大家叫它“雨散”。后来，有人依着这半个“亭子”的样子造出一个“伞”字，人们看看很像，就都用起“雨伞”两个字来。

（肖凡　搜集整理）

西湖醋鱼

西湖醋鱼为杭州传统名菜，选用放置在西湖内鱼笼中饿养一两天、去除泥土味的草鱼，煮上三四分钟，烧好后浇上一层平滑油亮的糖醋汁，肉质鲜美，味道酸甜，别具特色。

从前，在西湖断桥边有一间孤零零的茅屋，男主人宋五哥早已去世，只留下他的妻子宋五嫂和一个十二三岁的弟弟。宋五嫂年纪轻轻，长得俊秀，丈夫死后，乡亲们常劝她改嫁，她怕小叔无人照顾，都婉言回绝了。宋五嫂总是记着丈夫临死时的话，一定要把小叔抚养长大。平时，她待小叔像亲弟弟一样，有好吃的总让小叔先吃；做不起新衣，便把丈夫留下的旧衣裳缝缝补补，让小叔穿得暖暖和和的。小叔对嫂嫂也很好，处处都帮上一手。每天天不亮，宋五嫂便带着小叔，划着旧渔船，到西湖里捕鱼捉虾，捕来鱼虾，换点米换点盐，过着苦日子。

有一次，小叔因为年纪小，经不起湖上风吹雨打，忽然病了，病得很厉害。这可把宋五嫂急坏了，里外只她一个人，又要捕鱼，又要请医，又要煎药，真忙得喘不过气来。多亏得宋五嫂精心护理，小叔的病终于慢慢地好了起来，但病后身体很虚弱，胃口一点不开。

一天，宋五嫂打来一网好鱼。她将一条鲜龙活跳的草鱼养在水缸里，把剩下的鱼拿到菜市上去卖。她一路走一路想，怎样变个法儿，把家里的那条新鲜草鱼烧得好吃点，让小叔开开胃口。她想起以前听老年人说过，糖醋可以开胃，便打起用糖醋烧鱼的主意来。

宋五嫂卖了鱼，在街上买来作料，回到家里，一边烧水，一边对小叔说："今天嫂嫂要做一碗好菜给你尝尝哩！"

小叔好像猜到了宋五嫂的心思，说："嫂嫂，我这两天一闻腥气就恶心，鱼我是不要吃的！”

宋五嫂说：“今天我用个特别的烧法，你一吃就知道啦。”

宋五嫂等水一开，将养在水缸里的草鱼活杀活剖洗干净，在滚水里一汆，放在碗里，又取出自己做的藕粉，配上糖醋，烧成羹料，浇在熟鱼上，然后，将这热气腾腾的一碗鱼送到小叔跟前。她拿筷子夹一块，蘸上糖醋羹给小叔吃。小叔一闻，今天的鱼不但没有一点腥气，而且还很香；一尝，有点甜，有点酸，又特别鲜嫩。他抢过筷子，接过鱼碗，说：“嫂嫂，这鱼真好吃，这鱼真好吃！”开始还一筷子一筷子地吃，后来就大块大块地往嘴巴里送了。

这样一连几天，宋五嫂每天都把打来的活草鱼留下一条，烧醋鱼给小叔吃。小叔胃口大开，身体也很快好了起来，又帮着宋五嫂去打鱼了。

附近的渔家听说宋五嫂的小叔吃了她烧的醋鱼，胃口马上好了，都来向宋五嫂讨教做法。因为这个菜是宋五嫂第一个烧出来的，人们就叫它“宋嫂鱼”。

宋五嫂看到大家都喜欢吃醋鱼，就积了些钱，和小叔商量商量，在茅屋里开个小店，卖起醋鱼来了。果然，你来我往，生意很好，断桥宋嫂鱼，一时远近闻名。

这一年春天，南宋皇帝乘龙船在西湖上游玩。忽然，一阵暖风吹过，从断桥那边飘来一股似甜带酸的香味。皇帝从来没有闻到过这种香味，心里好生奇怪，忙问左右道：“这是什么香味呀？”

许多人回答不出，其中有一个本地的官儿说：“皇上，这是断桥边赫赫有名的宋嫂鱼的香味哩！”皇帝一听动了心，忙说：“好，既然这样有名，寡人倒要去结识结识她。”

那皇帝一时高兴，脱下龙袍，换上便服，带着太监坐小船一路来到断桥边。一上岸，便看到穿着一身粗蓝布衣衫的宋五嫂，一副渔家妇女的打扮，满面春风地在店堂里招待顾客。

皇帝一见，连声赞“妙”，忙走上去说：“听说醋鱼的味道很美，你宋五嫂的相貌更美，今日一见，果然名不虚传。”

宋五嫂见来者不善，便放下脸不搭理他。那皇帝本来不想露出身份，现在见宋五嫂这样，心里急了，便颠三倒四地说：“美人儿呀，这又何必呢！何必在这里烧鱼呢……不配，不配。嗯，还是跟寡人进宫去才配啊！”

“寡人”两字一脱口，宋五嫂便知道站在面前的人便是那个昏君了，心里更加生气，但又不好得罪他，只得转弯抹角地说：“宫里是有福之人住的，我是个打鱼人，没有这份福气，一离开茅屋必定生病。我老早就打定主意，要在这儿住一世了。”

皇帝见宋五嫂口齿伶俐，确实不好对付，便笑着改口说：“也罢！现在就带你上龙船去烧一碗醋鱼，让寡人尝尝鲜吧。今后你美名远扬，恐怕连断桥都要压断啦！”

宋五嫂见皇帝竟这样死皮赖脸，禁不住两道柳眉竖了起来，说：“龙船难载我卖鱼妇，你皇上也不要走这断桥路！岂不见金兵一来，河山已经破碎，皇上还是多去想想中原的父老吧！”

这都是实在话，皇帝却认定宋五嫂是有意挖苦他，顿时怒容满面，骂道：“好一个放肆的刁妇！”急匆匆和太监上了小船，回到龙船里去了。

宋五嫂见皇帝气呼呼地一走，知道凶多吉少，便赶紧收拾东西，带了小叔，从后门溜出，坐上小船，双桨一荡，远走高飞了。等皇帝派兵赶来抓人时，宋五嫂早已无影无踪。

从此，宋五嫂和她的小叔改姓埋名，隐居在别的小村子里，再不露面。来断桥边想吃宋嫂鱼的人，见茅屋破漏，镬灶倒塌，只得扫兴而回。

后来，孤山一带学过宋五嫂烧鱼手艺的渔家，有的也学着宋五嫂的样，开小店卖醋鱼，但他们怕冒犯皇帝，不敢说是“宋嫂鱼”，只挂个“西湖醋鱼”的招牌。人们一吃这种西湖醋鱼，味道和宋嫂鱼一样好，就都来光顾。不久，许多菜馆也做起这道菜来，而且越做越好，西湖醋鱼就这样出了名。

（肖凡　搜集整理）

西湖莼菜

莼菜是一种珍贵的水生植物，杭州西湖种植莼菜有悠久的历史，明代《西湖游览志》即有记载。相传乾隆皇帝下江南，每到杭州必点莼菜进餐。

西湖南面有一座石龙山，山下有一个铜鉴湖，铜鉴湖底有一头金牛。自从有了这头金牛，这里年年风调雨顺，即使大旱年间，湖水照样不干，遇到涨大水，铜鉴湖也不会满。

村里有个财主起了贪心，一心想把金牛占为己有。一天，他叫家丁们架起十部水车，车了七七四十九天，把湖水车干了，湖底果然蹲着一头金牛。家丁们下到湖底，用尽力气，就是抬不动金牛。眼看天要下雨了，财主连忙亲自下到湖里，一起去抬。突然，金牛一个喷嚏，犹如晴天霹雳，霎时大雨倾盆，湖水猛涨，财主和他的家丁们全部淹死了。

从此以后，金牛再也没有出现过，湖中却长出了一种水草，藤像老姜，叶像鸭蛋，浑身滑溜。一到秋天，这种水草开出金黄色的小花，密密麻麻铺满水面。老百姓用它的茎叶烧汤吃，味道特别鲜美。有人说，这水草是金牛吐出来的，那滑溜溜的东西是金牛的乳汁，是金牛留给人们的一件宝。

那年五月，皇上颁下圣旨，要民间进贡。圣旨传下来，老百姓左想右想也想不出一件贡品来。眼看期限要到，大家实在没有办法，就把这种水草采了满满两桶给皇上送去。

水草送到皇宫，皇帝叫御厨房烧了，一尝，味道比鸡汤还鲜，喝了个精光。他问这菜叫啥名，大臣和太监们你看看我，我看看你，个个目瞪口呆讲不出来。有个大臣一看奏折，才知是钱塘县仁桥百姓送的水草。他想，人吃水草多难听，应该叫菜。叫什么菜呢？对，仁桥产的菜，就叫“仁菜”吧！皇上传下圣旨，把仁菜定为贡品，但他在下笔时，把“仁”字写成了“莼”字。从此，这种水草就叫“莼菜”了。

到了明朝，铜鉴湖的莼菜移栽到了西湖里，莼菜就成了西湖的特产。

（应志良　搜集整理）

东坡肉

东坡肉为杭州名菜。将猪肉切成二寸许的方块，加入上好料酒及各色作料，放紫砂小盅内慢火炖制即成。入口肥而不腻，色、香、味俱佳，深得人们喜爱。

苏东坡在杭州做官的辰光，疏浚了西湖，替老百姓做了一件大好事。

西湖疏浚以后，四周的田地就不怕涝也不愁旱了。这一年又风调雨顺，杭州四乡的年成特别好。老百姓不忘苏东坡的好处，到过年辰光，都抬猪担酒来给他拜年。

苏东坡无论如何推辞不掉，只好把猪肉收下。他叫人把肉切成方块，焖得酥酥的，然后按照疏浚西湖的民工花名册，一家一块，将肉分送给大家过年。

太平年头，家家户户过得好快活，这辰光又见苏大人差人送肉来，大家更高兴了。老的笑，小的跳，人人都夸苏东坡是个贤明的父母官，亲热地把他送来的猪肉称为“东坡肉”。那时，杭州有一家大菜馆，菜馆老板见人们都夸东坡肉，灵机一动，叫厨师也把猪肉照样切成方块，焖得酥酥的，还挂出牌子，写上“东坡肉”三个字。这个新菜一出，菜馆的生意马上兴隆起来，从早到晚顾客不断。别的菜馆老板看得眼红，也都学着做起来。一时间，不论大小菜馆，家家都有东坡肉这道菜了。

苏东坡离任以后，杭州的老百姓没有忘记他的好处，仍然像过去一样赞颂他，纪念他，东坡肉也一代一代地传下来，成为杭州的一道名菜。

（徐飞　搜集整理）